LFIEBER THRILLOGY GRUS

BER THRILL

THRILLOGY

USELFIEBER THRILLOGY G

LFIEBER THRILLOGY GRUS

BER THRILLOGY GRUSELF

THRILLOGY GRUSELFIEB

USELFIEBER THRILLOGY G

LFIEBER THRILLOGY GRUS

BER THRILLOGY GRUSELF

THRILLOGY GRUSELFIEB

USELFIEBER THRILLOGY G

LFIEBER THRILLOGY GRUS

BER THRILLOGY GRUSELF

R. L. Stine

THRILLOGY

Der Wettkampf beginnt

R. L. Stine

GRUSELFIEBER

THRILLOGY

Der Wettkampf beginnt

Aus dem Amerikanischen
von Christoph Arndt

OMNIBUS

Der OMNIBUS Verlag gehört zu den
Kinder- & Jugendbuch-Verlagen der Verlagsgruppe Random House
München Berlin Frankfurt Wien Zürich

www.omnibus-verlag.de

Umwelthinweis:
Dieses Buch wurde auf chlorfrei gebleichtem Papier gedruckt.

Gesetzt nach den Regeln der Rechtschreibreform

1. Auflage 2002

Dieses Werk wurde vermittelt durch die
Literarische Agentur Thomas Schlück GmbH, Garbsen.
Die Originalausgabe erschien 2001 unter dem Titel
»The Nightmare Room – Thrillogy 1:
Fear Games. Run for your Life«
bei HarperCollins *Children's* Books,
a division of HarperCollins Publishers, Inc.
Übersetzung: Christoph Arndt
Lektorat: Birgit Gehring
Umschlaggestaltung: Helmut Sigerist
Ht · Herstellung: Peter Papenbrok
Satz: Uhl + Massopust, Aalen
Druck: GGP Media, Pößneck
ISBN 3-570-12617-X
Printed in Germany

Teil 1

In diesem Winter

1

»Ich besitze Zauberkräfte«, erklärte Anne Powers. »Böse Zauberkräfte.«

Ihr Freund Andy Butler kicherte. »Cool«, sagte er. »Dann hex mich doch mal weg. Ich will nämlich die Mathearbeit heute Nachmittag nicht mitschreiben.«

Anne verzog keine Miene. »Ich vergeude meine magischen Kräfte nicht an dir. Die spare ich mir auf. Für Pam.«

Andy fuhr sich mit der Hand über das kurze dunkle Haar. »Pam? Was hat Pam denn diesmal getan?«

»Was hat Pam eigentlich *nicht* getan?«, murmelte Anne. »Ständig schwänzelt sie um mich herum. Sie hält sich für sooo vollkommen.«

»Pam *ist* vollkommen!«, neckte Andy.

»Eine richtig dumme Kuh, das ist sie«, sagte Anne mürrisch.

Sie standen vor der Tür zur Schulkantine. Auf dem Gang hockten zwei Lehrer auf Bockleitern und mühten sich ab, ein violett-goldenes Transparent quer über den Flur zu spannen: FOOTBALLTURNIER! HOLT DEN POKAL!

Aus der überfüllten Kantine hörte man Tabletts klappern und Stühle scharren. Von den gelb gefliesten Wänden hallten Stimmen wider und der leicht säuerliche Geruch von Fischstäbchen, Makkaroni und Käse zog auf den Gang hinaus.

Anne zupfte an dem langen Ohrring aus rotem Plastik, der immer an ihrem linken Ohr baumelte. Dann schüttelte sie mit einer Kopfbewegung ihre dunklen Ponyfransen glatt.

Dabei behielt sie die ganze Zeit die Treppe im Auge und suchte nach Pam Largent.

»Glaubst du das?«, fragte sie Andy. »Pam hat Ricky Jason erzählt, ich würde auf ihn abfahren und mit ihm zum Valentinstanz gehen wollen. Ist das nicht ätzend?«

»Aber du *magst* Ricky doch«, hakte Andy nach.

Anne verdrehte die braunen Augen. »Du verstehst das nicht richtig. Das war ihre Art, mich wie einen Trottel aussehen zu lassen. Jeder weiß, dass Ricky auf Pam steht. Pam hat das bloß gesagt, um Ricky zum Lachen zu bringen.«

»Du hast Recht. Ich kapier das nicht«, sagte Andy und begrüßte kumpelhaft zwei Jungs, die sich an ihnen vorbei in die Kantine schoben. »He – besetzt mir einen Platz!«

»Pam *liebt* es, mich schlecht aussehen zu lassen«, fuhr Anne fort. »Sie muss sich in allem messen. Und immer muss sie gewinnen. Als ich mich entschied, meine Jahresarbeit über ›Zaubersprüche im Wandel der Geschichte‹ zu schreiben, rate mal, welches Thema Pam sich ausgesucht hat?«

»Ich geb's auf«, sagte Andy.

Anne stöhnte. »Zaubersprüche im Wandel der Geschichte«, sagte sie. »Nur damit sie wieder besser abschneiden kann als ich.«

Anne zupfte wieder an ihrem Ohrring. Das tat sie immer, wenn sie nervös oder wütend war. »Ich bin kein gewalttätiger Mensch. Das weißt du. Im Grunde *hasse* ich Gewalt. Aber ich würde Pam zu gern das Gesicht runterreißen und da oben an dem Banner aufhängen!«

Andy lachte. »Du bist ja krank.«

»Ich halte das nicht für krank«, entgegnete Anne. »Ich finde, es ist nur fair. Aber keine Sorge. Ich werde nicht gewalttätig, ich werde vielmehr Magie ins Spiel bringen.«

»Wenn du Pam nicht ausstehen kannst, warum hängst du dann so oft mit ihr zusammen?«, fragte Andy.

»Ach, weißt du, weil unsere Eltern so gut befreundet sind. Ich habe keine Wahl. Sobald ich mich auch nur umdrehe – HE!« Sie sah Pams blonden Pferdeschwanz wippen, als diese die Treppe herabstolziert kam.

Anne gab Andy einen Schubs. »Verzieh dich, okay? Mach 'ne Fliege. Ich muss jetzt meinen kleinen, fiesen Zaubertrick ausprobieren.«

»Darf ich nicht zuschauen?«, fragte Andy.

Anne gab keine Antwort. Sie eilte Pam auf dem Gang entgegen.

Pam war das größte Mädchen an der Applegate Middle School. Darüber beklagte sie sich ungefähr so: »Ich bin ein Monster! Alle Jungs haben Angst vor mir!«

Doch Anne wusste, dass es Pam gefiel, die Größte zu sein und dazu noch die Hübscheste, die Blondeste, die Smarteste, die Witzigste ... und so weiter.

»Hast du auf mich gewartet?«, flötete Pam. Ihre sonst kremweißen Wangen waren rosig. Schweißperlen glänzten auf ihrer Stirn.

Sie hatte montags in der letzten Stunde vor der Mittagspause Sport.

Anne konnte sich ein Grinsen nicht verkneifen. »Ich möchte dir etwas zeigen.«

»Ich bin am Verhungern!«, erklärte Pam und ging mit großen Schritten an Anne vorbei zur Tür der Schulkantine. »Welchen Salat gibt's heute?«

»Nein, warte.« Hastig versperrte ihr Anne den Weg. »Es dauert auch nicht lange. Ich – ich hab ein paar Zaubertricks gelernt.«

Pam blieb stehen und musterte Anne aus ihren blauen Augen. Sie lachte. »Willst du mir jetzt Kartentricks vorführen? Ist das nicht etwas kindisch?«

»Ich habe ein paar magische Sprüche gelernt«, sagte Anne. »Bei der Stoffsammlung für meine Jahresarbeit bin ich in den Regalen der Bibliothek auf ein verstaubtes, altes Buch gestoßen. Daraus habe ich einige total verblüffende Sachen gelernt. Ich – ich verfüge über Kräfte, Pam. Ich meine das ganz ernst.«

Pam drückte ihre Hand gegen Annes Stirn. »Du hast Fieber, hm? Soll ich dich zur Krankenstation bringen?«

Sie hasst das, dachte Anne. Sie hasst die Vorstellung, dass ich etwas kann, was sie nicht kann. Optimal!

Anne zerrte Pam in die Kantine. Aus den Augenwinkeln sah sie, wie Andy von einem Tisch an der Wand aus zuschaute.

»Ziehst du jetzt ein Kaninchen aus einem Hut oder was?«, fragte Pam ungeduldig. »Also, Zaubertricks interessieren mich nicht die Bohne.«

»Es handelt sich nicht um billige Tricks«, erwiderte Anne. »Ich hab dir doch gesagt, dass ich Zaubersprüche gelernt habe. Und diese Zaubersprüche werden mir zu einer Eins in meiner Jahresarbeit verhelfen.«

»Warum bist du so auf Schulnoten fixiert?«, fragte Pam.

»Sieh einfach nur zu.« Anne zog Pam näher zur Warteschlange bei der Essensausgabe. »Komm, wir suchen uns jemanden aus, okay? Jemand, den ich verhexen kann.«

Die beiden Mädchen ließen ihre Blicke durch die voll besetzte Kantine schweifen.

»Wie wär's mit Mary Crane da drüben?«, sagte Anne. Sie zeigte auf das kleine, pummelige Mädchen mit den roten Locken, das gerade sein Tablett zu der Frau an der Kasse getragen hatte.

Pam seufzte und verdrehte die Augen. »Na gut, also schön. Mary. Nur beeil dich bitte, ja?«

Mary bezahlte ihr Essen und ging dann mit ihrem Tablett durch den Saal.

»Jetzt pass gut auf«, flüsterte Anne. Dann begann sie, seltsame Worte in sich hineinzumurmeln. *»Amanoo … keela …«*

Anne schwenkte die Hände. *»Kornoo … apaka … namoo«*, flüsterte sie.

Mehrere Kinder schrien auf, als Mary das Essenstablett aus den Händen glitt, in die Luft hochflog – und krachend zu Boden fiel. Unter lautem Geklirr landete das Essen vor Marys Füßen.

Vor Schreck blieb Mary der Mund offen stehen. Hilflos hob sie die Hände.

»Hahakoo … bellem …«, flüsterte Anne.

Und in der anderen Ecke des Raums begann Mary, sich zu drehen. Erst langsam, die Arme noch immer über dem Kopf. Und dann schneller, unbeholfen im Kreis torkelnd, bis sie in das am Boden liegende Essen trat.

»Hilft mir denn keiner?«, schrie Mary. Ihr Gesicht war vor Schreck verzerrt, und ihr rotes Haar flog wild, während sie sich immer weiter drehte. »Bitte – helft mir doch!«

Als sie schließlich mit Wucht gegen die geflieste Wand

prallte, ächzte sie laut. Dann schien ihr Körper zusammenzufallen. Sie sackte zu Boden und rührte sich nicht mehr.

Anne drehte sich zu Pam um, um deren geschockten Gesichtsausdruck nicht zu verpassen. Pam war ganz blass geworden. Ihre blauen Augen traten aus den Höhlen. Sie keuchte hastig und ballte die Hände zu Fäusten.

»Du – du –« Ihre Augen brannten sich in Annes. »Wie –?«

Pam wartete ihre Antwort gar nicht erst ab. »Du bist eine *Hexe*!«, kreischte sie. Dann drehte sie sich von Anne weg und rannte aus dem Saal.

In der Mensa war es still geworden. Anne konnte hören, wie Pam draußen den Gang hinunterrauschte.

Drüben an der Wand halfen einige Kinder Mary auf die Beine. Sie schüttelte immer wieder den Kopf, blinzelte und machte einen völlig verdatterten Eindruck.

Bei dem Gedanken an Pam konnte Anne sich ein triumphierendes Lächeln nicht verkneifen.

Nach der Schule machte sich Anne auf den Heimweg. Ein Schneesturm hatte am Morgen die Erde mit einer weißen Puderschicht überzogen. Es lag gerade genug Schnee, um den Boden glatt und glänzend zu machen. Der Himmel war grau, die Sonne versteckte sich hinter einer dichten Wolkendecke.

»Anne – warte doch mal!«

Anne fuhr herum und sah Mary, die, mit beiden Armen winkend, über die Straße gerannt kam. Marys Rucksack hüpfte auf den Schultern ihres blauen Parkas. Ihre schwarzen Dockers glitten immer wieder auf dem pulverigen Schnee aus.

Als sie Anne eingeholt hatte, prusteten die beiden Mädchen vor Lachen los und klatschten sich gegenseitig die Hände ab.

»Nicht zu glauben!«, rief Mary. »Ich *fasse* es einfach nicht!«

»Pam ist voll darauf reingefallen«, lachte Anne, und ihre dunklen Augen funkelten schadenfroh. »Die hatten wir am Haken wie einen Fisch an der Angel!«

Mary strich sich das kupferrote Haar nach unten. »Du bist ein Genie! Einfach spitze! Hat Pam echt angenommen, du würdest mich mit einem Fluch belegen?«

Anne nickte und kicherte. »Sie ist knallrot angelaufen. Ich dachte, gleich kommt ihr das Frühstück wieder hoch!«

»Aber sie weiß doch, dass wir befreundet sind – oder?«, sagte Mary. »Ist sie nicht auf die Idee gekommen, dass wir die ganze Sache vielleicht nur ausgeheckt und geprobt haben?«

Anne schüttelte den Kopf. »Das war eine zu gute Show. Ich konnte es nicht glauben, als du anfingst, dich wie verrückt zu drehen. Wie hast du das gemacht?«

»Ich hab als kleines Kind Ballettstunden genommen«, erwiderte Mary. Sie seufzte. »Leider hab ich inzwischen keine Ballettfigur mehr.«

»Na ja, Pirouetten kriegst du jedenfalls toll hin«, sagte Anne. »Und ich fand's auch klasse, wie du in dein eigenes Essen gestiegen bist.«

»Dieser Teil war ein Unfall«, räumte Mary ein. »Das hatte ich nicht geplant. Ich hab eine Stunde gebraucht, um die Schweinerei von meinen Schuhen abzuwischen!«

Sie warteten, bis ein Van voller Teenager an ihnen vorbeigefahren war. Dann überquerten sie die Straße.

»Komm doch noch für 'ne Weile mit zu mir«, meinte

Anne. »Ich glaube, wir haben Schokoladenkuchen in der Tiefkühltruhe. Damit können wir unseren großen Sieg über Pams böse Kräfte feiern.«

Mary lachte. »Du weißt, was sie in diesem Moment tut, ja? Sie ist in der Bibliothek und durchforstet die Regale nach alten Büchern mit Zaubersprüchen. Sie muss dich toppen. Morgen kommt sie dann in die Schule und verwandelt uns alle in Frösche!«

»Quak-quak!«, sagte Anne. Sie ging die Auffahrt hinauf und begann, nach dem Hausschlüssel in ihrer Tasche zu suchen. »Bestimmt hat Pam mittlerweile unsere kleine Komödie durchschaut. Es wird ihr zu peinlich sein, morgen in die Schule zu kommen.«

Mary kicherte. »Pam und verlegen? Du machst wohl Witze?«

Anne zog einen Stapel Post aus dem Briefkasten. Dann schloss sie die Haustür auf und ging voran. »Zieh bitte deine nassen Schuhe aus«, sagte sie zu Mary. »Du weißt, wie pingelig Mom mit ihren Parkettböden ist.«

Anne streifte ihren Rucksack ab, zog den Mantel aus und warf beides auf die Treppe. Dann blätterte sie die Post durch. »He – was ist denn das?« Sie hielt einen langen braunen Umschlag in die Höhe.

Mary drehte sich um. »Du hast Post gekriegt? Ich bekomme nie welche. Nie.«

Anne untersuchte das Kuvert. »*Ferienakademie* steht als Absender drauf. Was ist das denn? Schon mal davon gehört?«

Mary trat neben ihre Freundin. »Ist das eine Schule?«

»Wahrscheinlich bloß irgendeine Firma, die Bücher verkaufen möchte«, sagte Anne und wollte den Umschlag gerade aus der Hand legen.

»Mach ihn auf!«, rief Mary. »Lass uns nachsehen, worum es geht.«

Anne riss das Kuvert auf und zog mehrere Bögen schweren weißen Papiers heraus. Sie faltete sie auseinander und starrte auf den langen Brief, der obenauf lag. Ihre Augen überflogen die Seite.

»Seltsam«, murmelte sie, während sie zu lesen begann. »Das ist ja total merkwürdig …«

3

Liebe Anne Powers!

Wir haben umwerfende Neuigkeiten für dich!

Der Vorstand der Ferienakademie freut sich, dir mitteilen zu dürfen, dass du aus einer Liste von mehreren hundert Ehrenstudenten ausgewählt wurdest.

Wir möchten dich einladen, bei unserem zweiwöchigen Ferienakademietreffen in diesem Frühjahr dabei zu sein.

Gemeinsam mit elf weiteren Topstudenten aus den gesamten Vereinigten Staaten wirst du auf führende Persönlichkeiten und Stars aus den Bereichen Regierung, Unterhaltung, Sport und Wirtschaft treffen. Eine Liste dieser Berühmtheiten haben wir beigefügt.

Das Treffen findet auf einer herrlichen Tropeninsel in der Karibik statt, welche sich in Privatbesitz befindet. Dir und deinen neuen Freunden wird genügend Zeit bleiben, den weißen Sandstrand zu genießen, Höhlen zu erkunden und im warmen türkisblauen Wasser dieses tropischen Paradieses zu schwimmen.

Die Insel ist unbewohnt. Neben einer Vielzahl anderer Annehmlichkeiten wurden hier aber auch komfortable Unterkünfte errichtet.

Wir haben deinen zweiwöchigen Aufenthalt als spannendes Ereignis geplant, wie man es kein zweites Mal erlebt. Die Ferienakademie beginnt als Treffen von eingeladenen Fremden – enden wird es jedoch als Gemeinschaft von Freunden.

Als Teilnehmerin an unserer Akademie hast du Gelegenheit, die anderen neuen Studenten kennen zu lernen und lebenslange Freundschaften mit ihnen zu knüpfen.

Du wirst auch als Zuhörer den Reden der geladenen Berühmtheiten und Führungskräfte beiwohnen. Und du wirst sie alle persönlich bei den Mahlzeiten und anderen gemeinsamen Aktivitäten näher kennen lernen.

Deine Ferienakademie bietet dir aber noch mehr als bloß die Chance, neue Freundschaften zu knüpfen und von führenden nationalen Persönlichkeiten zu lernen. Du bist außerdem eingeladen, an einem Wettkampf teilzunehmen, den wir als Spiele des Lebens bezeichnen.

Diese Spiele des Lebens sind unterhaltsam, kurzweilig und stellen eine anspruchsvolle Herausforderung dar. Du bist ausgewählt worden, weil du ein Machertyp bist. Du genießt den Nervenkitzel im Wettstreit gegen andere.

Sobald die Spiele begonnen haben, wirst du dir wünschen, sie mögen nie mehr enden!

Du wirst die Spiele des Lebens auf unserer Insel ganz toll finden – und dazu überaus lohnenswert. Das Siegerteam darf sich nämlich ein Preisgeld von 100 000 Dollar teilen.

Beigefügt findest du ein Anmeldeformular sowie einige Seiten mit Antworten auf diverse Fragen. Selbstverständlich wird die Ferienakademie sämtliche Kosten tragen.

Die Einladung, unsere Akademie zu besuchen, ist eine Ehre, die nur wenigen Studenten zuteil werden kann. Daher wissen wir, dass du in diesem Frühjahr ganz bestimmt zu uns kommen möchtest.

Wir können dir versprechen, dass es eine aufregende, lehrreiche und lohnende Erfahrung sein wird. Und wir garantieren dir, dass du dich für immer an diese zwei Wochen erinnern wirst!

Mit herzlichen Grüßen
Donald Marks
Direktor

4

Mary las den Brief, über Annes Schulter gebeugt, zu Ende. »Wow«, murmelte sie. »Stimmt das wirklich?«

Anne blätterte die anderen Seiten durch. »Es sieht alles sehr amtlich aus«, sagte sie. »Unglaublich! Das haut einen von den Socken!«

Noch einmal überflog sie den Brief. Sie musste ihn mit beiden Händen festhalten, weil ihre rechte Hand zitterte.

»Zwei Wochen auf einer tropischen Insel? Gratis?«, sagte sie. »Mit all diesen unglaublichen Promis. Wahnsinn!«

»Und vielleicht kommst du ja mit ordentlich Kohle heim?«, rief Mary.

Die zwei Mädchen starrten sich mit offenem Mund an.

»Das muss ein Scherz sein«, sagte Anne. »Das kann *unmöglich* echt sein.«

»Wenn Pam das erfährt, flippt sie aus!«, sagte Mary. »Die dreht glatt durch.«

»Ich wette, sie wurde auch eingeladen«, erwiderte Anne, die immer noch auf den Brief starrte. »Pams Noten sind besser als meine. Und sie ist eine viel bessere Sportlerin. Ich frage mich, warum ich ausgewählt wurde.«

»Mach dich nicht so klein«, schimpfte Mary. »Wieso tust du das immer?«

»Ich frage mich bloß, warum die mich ausgewählt haben«, sagte Anne. »Ich bin still, ich bin schüchtern. Ich gehe mit meiner Familie zelten, aber ich bin kein richtiger Naturfreak.« Wieder betrachtete sie den Brief. »Merkwürdig.«

»Gar nicht merkwürdig«, wiedersprach Mary. »Du strengst dich so an. Deine Noten sind kein bisschen schlechter als die von Pam. Vielleicht hat dich ja einer von dieser Akademie letztes Frühjahr in *Pipi Langstrumpf* gesehen. Du warst fabelhaft!« Mary kicherte. »Und du hast *grandiose* Streiche auf Lager!«

Anne lachte. »Pam haben wir heute echt gut reingelegt, was?«

»Ruf sie an!«, drängte Mary. »Los, ruf Pam an. Finde raus, ob sie auch einen Brief gekriegt hat.«

»Du machst wohl Witze, wie?« Anne schüttelte den Kopf. »Auf keinen Fall werde ich sie anrufen.«

Da klingelte das Telefon.

Die beiden Mädchen zuckten zusammen.

Anne nahm den Hörer ab. »Hallo?« Dann flüsterte sie Mary zu: »Es ist Pam!«

»Ich wusste es! Sie hat einen besonderen Riecher für so etwas«, flüsterte Mary.

»Anne, ich weiß, was für eine Nummer du und deine Freundin Mary heute in der Mensa vor mir abgezogen habt«, sagte Pam. »Es hat zwar eine Weile gedauert, aber ich bin dahinter gekommen.«

»Äh … also …«, nuschelte Anne.

»Ich wette, Mary steht direkt neben dir«, fuhr Pam verbittert fort. »Und ihr beide lacht euch noch immer über mich kringelig.«

»Nein. Wir lachen nicht«, erwiderte Anne. »Ehrlich.«

»Das war *überhaupt* nicht komisch«, sagte Pam.

»Doch, ein bisschen komisch war's schon«, beharrte Anne. »Du musst zugeben, dass –«

»Ich versuche, deine Freundin zu sein«, sagte Pam. »Weil meine Mom darauf besteht. Aber leicht ist das nicht, Anne. Ich weiß nicht, was du für ein Problem hast. Trotzdem –«

»Hast du einen Brief bekommen?«, platzte Anne heraus.

»Wie bitte? Einen Brief?«

»Ja«, erwiderte Anne. »Mit der heutigen Post. Hast du einen Brief bekommen von etwas, das sich *Ferienakademie* nennt?«

»Nein«, sagte Pam. »Warum?«

»Ach, nur so«, antwortete Anne. »Ich muss jetzt Schluss machen. Ich seh dich dann morgen.«

Sie legte auf. Dann ballte sie die Faust in der Luft. »Jaaa! Pam wurde nicht eingeladen!«

Ein Grinsen überzog Marys Gesicht. »Glaubst du, sie wird etwas neidisch sein, wenn sie es erfährt?«

Annes Augen funkelten. »Vielleicht ein wenig.«

Marys Grinsen verschwand. »Allerdings gibt's da natürlich ein Problem, Anne: deine Eltern.«

Anne kniff die Augen zusammen und sah ihre Freundin bohrend an. »Was ist mit meinen Eltern?«

»Sie sind ziemlich streng«, entgegnete Mary. »Was, wenn sie Nein sagen? Sie sind doch immer so besorgt um deine Sicherheit. Weißt du noch, letzten Sommer durftest du auch nicht mit auf diese Abenteuertour gehen. Was, wenn sie dich auch diesmal nicht mitlassen?«

»Sie *müssen*!«, rief Anne. »Das ist die Chance meines Lebens! Das – das ist unglaublich! Zwei Wochen auf einer tropischen Insel mit anderen Jugendlichen und dutzenden Promis! Und dazu die Chance, tausende von Dollar zu gewinnen!«

»He, he, he. Jetzt beruhige dich erst mal –«, sagte Mary.

»Sie können nicht ablehnen!«, rief Anne. »Hör doch mal, Mary. Sie müssen mich mitlassen. Das *müssen* sie einfach! Es ist eine klitzekleine Insel, auf der sonst niemand lebt. Was soll da groß passieren? Sag mir – was *könnte da schief gehen*?«

Teil 2

Im Jahre 1680

Ravenswoode,
ein kleines Dorf
in England

»Hexe! Hexe!«

»Tötet die Hexe!«

Schreiend rannte Deborah Andersen davon und versuchte, die hässlichen Rufe der Jungen zu übertönen. Ihre klobigen schwarzen Schuhe polterten auf den Feldweg, der auf Höhe der Mühle eine Biegung machte. Auf der Flucht vor den Burschen, die sie hetzten, musste sie ihren langen schwarzen Rock hochraffen. Der grobe Stoff fühlte sich schwer in ihren Händen an. Dornige Ranken zerrten an ihren Knöcheln und zerrissen ihre Wollstrümpfe.

»Hexe! Verschwinde, du Hexe!«

»Haltet sie fest, bevor sie davonfliegt!«

Ein Stein schwirrte an ihrem Kopf vorbei. »Neeiiin!«, schrie Deborah und duckte sich. Der Stein traf mit einem lauten *Plock* einen Baum und hüpfte über den Pfad. Deborah rannte weiter.

Der Feldweg endete an der Farm der Fieldings. Deborah stolperte über die Felder, durch die hohen Büschel aus Gras und Heidekraut. Die Burschen waren nicht weit hinter ihr. Rings um sie herum lag die Gerste ungeschnitten auf dem Boden, schwarz und faulend. Ein paar hagere Kühe starrten müde herüber, als Deborah vorbeilief.

War Deborah in den Augen der Einwohner von Ravenswoode verantwortlich für die Getreidefäulnis in jenem Frühjahr? Gaben sie ihr die Schuld an den dicken schwarzen Insekten, die aus den Maiskolben herauskrochen? An den violetten Würmern, welche die Äpfel tot und verschrumpelt am Baum zurückließen? Und am Hungertod der Kühe, die nur ein dünnes Rinnsal saurer Milch gaben?

Ja. Das taten sie.

»ICH BIN KEINE HEXE!«, jammerte Deborah.

Doch die Burschen setzten ihr weiter nach. Abermals flog ein Stein dicht an ihrem Kopf vorbei.

»Flieg weg, du Hexe!«

»Lass dir Amselflügel wachsen und flieg davon!«

Ich wünschte, ich *könnte* wegfliegen, dachte Deborah bitter. Weg von diesen einfältigen Dörflern, die mir an all ihren Problemen die Schuld geben.

Sie sehnte sich danach, von dem kalten Dorf fortzukommen, weg von den starrenden Augen, von den langen, nassen Wintern ohne genügend Feuerholz, um ihre kleine Hütte zu heizen. Weg von den Gehöften und ihren kümmerlichen Ernten. Weg von der baufälligen Mühle, die selten irgendwelchen Weizen zu mahlen bekam.

Sie wünschte sich, diese rotgesichtigen Burschen mit ihren grausamen Neckereien hinter sich lassen zu können. Die Bauern und Dörfler mit ihren anklagenden, stieren Blicken. Und die blassen Frauen mit ihren schmuddelig-weißen Hauben, die jedes Mal, wenn sie vorüberging, zu tuscheln anfingen.

Atemlos keuchend schaute sie sich um. Die Burschen verfolgten sie noch immer und schwangen drohend die Fäuste.

»Fangt die Hexe!«

»Lasst sie nicht entkommen!«

Beim Farmhaus der Fieldings bog Deborah ab. Das braune Gras erstreckte sich den Hang hinauf bis zum Dorf mit seinen strohgedeckten Hütten und den mit Schieferschindeln und Beschwersteinen gedeckten Scheunen. Ihre Hütte – und sichere Zuflucht – stand auf der anderen Seite der Ortschaft.

Vor der Tür der Fieldings liefen gackernd Hühner umher. Ein abgemagerter Hahn schaute dem Treiben vom Rand des gemauerten Brunnens aus zu. Der Schöpfeimer lag umgekippt am Boden in einem Häuflein gelben Hühnerfutters.

Ein Stein prallte hart gegen Deborahs Schulter, dass ihr ein stechender Schmerz die Seite hinabzuckte.

»Lasst mich in Frieden!« In einem Anfall von Wut fuhr sie hastig herum, um sich ihren Peinigern zu stellen. Schwer atmend holten diese sie ein und umringten sie.

Deborah rieb sich die Schulter, stolperte und versuchte noch auszuweichen. Aber sie rutschte auf dem Gras aus und fiel auf die Knie.

Der Kreis der Burschen schloss sich um sie. Fünf waren es, wie sie jetzt sah, in grauer Schulkleidung. Graue Mäntel über weißen Musselinhemden und braunen Westen, kniela nge Hosen mit weißen Strümpfen und schwarzen Schnallenstiefeln. Nicht gerade die feinsten Kleider der Welt, aber viel feiner als alles, was Deborah je besessen hatte.

Lange, fettige Haarsträhnen fielen den Burschen bis auf die Schultern. Ihr Atem ging kurz und stoßweise, ihre Gesichter waren rot angelaufen und ihre zusammengekniffenen Augen blickten misstrauisch und wachsam. Deborah fühlte sich wie ein Fuchs, der sich von einer Hundemeute umzingelt sieht – und gleich von ihnen in Stücke gerissen wird.

Unweit der Hütte gackerten im Hof der Fieldings die Hühner. Das einzige andere Geräusch war das Raunen des Frühlingswindes in dem Birkenwäldchen, das an die Farm grenzte.

Flieg nun davon, befahl sich Deborah. *Flieg weg, Amsel, und verscheuche die bösen Buben.*

Aber sie wusste, dass sie keine Zauberkräfte besaß.

Noch auf den Knien, kauerte sie sich zu einer Kugel zusammen, als die Jungen immer näher rückten. Sie spannte jeden Muskel ihres Körpers und biss die Zähne zusammen, um sich gegen die Schläge zu wappnen.

Zwei der Burschen hoben schieferfarbene Steine auf. Die übrigen ballten die Fäuste. Schweigend kamen sie noch näher.

Um ihr Gesicht zu schützen, hob Deborah abwehrend die Hand.

»Was habt ihr mit mir vor?«, flüsterte sie. »Bitte – was wollt ihr mit mir tun?«

6

Mit Augen kalt wie Stein starrten sie auf Deborah herab. Ihre Körper waren gespannt, kampfbereit, doch sie sprachen kein Wort.

Warum hatten die Jungen sie noch nicht geschlagen? Waren sie feige?

Mit klopfendem Herzen rappelte sich Deborah langsam auf. Dann strich sie die Vorderseite ihres langen schwarzen Rocks glatt.

Ob ich sie wohl mit Blicken niederzwingen kann? Oder so tun, als würde ich sie mit dem bösen Blick verhexen?

»Verlass das Dorf, Hexe!« Der Bursche mit Namen Johnny Goodman fand endlich seine Stimme wieder. Er war schlaksig und dünn und hatte eine lange, spitze Geiernase.

»Ja, verlass das Dorf«, äffte Johnnys jüngerer Bruder William ihn nach.

»Ich … lebe … hier«, erwiderte Deborah langsam. Die ganze Zeit über behielt sie die Burschen im Auge, denn sie rechnete jederzeit mit ihrem plötzlichen Angriff.

»Aber du bist eine Hexe«, höhnte Aaron Harrison. Sein langes, welliges blondes Haar glühte im Schein der Abendsonne, als stünde es in Flammen. »Du hast eine Plage über dieses Dorf gebracht. Weil du abgrundtief schlecht bist, sind die Ernten verdorben. Das hat mein Vater gesagt.«

»Dein Vater irrt sich«, murmelte Deborah. »Ich bin bloß ein Mädchen.«

Aaron lachte kalt und verächtlich. »Du benimmst dich aber nicht wie eins.«

»Warum möchtest du unbedingt zur Schule gehen?«, wollte Johnny wissen. »Was für ein seltsames Mädchen bist du, dass du dich heimlich ins Schulhaus schleichst, um unseren Unterricht zu belauschen?«

»I-ich will etwas lernen«, flüsterte Deborah. »Ich möchte lesen können wie ihr.«

Jetzt lachten sie alle.

»Wieso sollte ein Mädchen das können?«, fragte Aaron. »Um die Bücher mit bösen Zaubersprüchen zu lesen?« Er packte sie an den Schultern und gab ihr einen kräftigen Schubs.

Deborah stolperte rückwärts und fiel gegen William Goodman.

Der schrie auf, als hätten ihn Flammen berührt.

Am Brunnen krähte der dürre Hahn. Die Hennen fingen an zu kreischen.

Deborah konnte sich gerade noch abfangen. Hastig fuhr sie herum und starrte ihnen ins Gesicht. »Ich sollte euch alle in Hühner verwandeln!«, schrie sie. »Jeden von euch! Ihr werdet euch vor mir verbeugen und den Boden zu meinen Füßen abpicken!«

»Du bist *doch* eine Hexe!«, keuchte Aaron. »Sie hat es zugegeben!«

Der Stein fiel Johnny aus der Hand.

Deborah raffte ihren Rocksaum über die Knöchel und rannte los.

Sie rechnete fast damit, dass die Burschen ihr folgen und sie zu Boden ziehen würden. Dass sie ihre Steine und Fäuste gebrauchen würden, so wie sie es vorgehabt hatten.

Doch zu ihrer Überraschung standen sie stocksteif wie Vogelscheuchen da. Sie sahen ihr nach, wie sie davonrannte, nahmen aber die Verfolgung nicht auf.

Immer wieder drehte Deborah sich um, während sie an den Häusern am Rande des Dorfs vorübereilte. Bald waren die Burschen nicht mehr zu sehen.

Sie haben mir *geglaubt*, schoss es ihr durch den Kopf.

Sie glauben, ich hätte die Macht, sie in gackernde Hühner zu verwandeln.

Heiße Tränen liefen ihr übers Gesicht, als sie über den Dorfanger rannte. Vor dem Versammlungshaus erkannte sie aus den Augenwinkeln mehrere Männer in Schwarz. Ratsherr Harrison, Aarons Vater, unterhielt sich mit zwei der Dorfältesten.

Alle drei Männer drehten den Kopf, um Deborah nachzusehen, als sie an ihnen vorbeirannte.

Deborah stürmte über den kleinen Markt, vorbei an den traurigen Karren mit ihren kümmerlichen Waren: ein paar Krüge mit Honig, ein Eimer oder zwei voll dünner Milch, ein Stück ranziges, gedörrtes Rindfleisch. Sie rannte über ein weites, flaches Feld auf die kleine Bauernkate zu, wo sie mit ihren Eltern wohnte.

Während sich Deborah noch mit beiden Händen die Tränen von den Wangen wischte, stürmte sie in die Hütte. Katherine, ihre Mutter, wandte sich vom Herd ab, wo sie gerade einen Topf mit dicken braunen Eiern auf dem Feuer hatte.

»Warum weinst du?«, fragte Katherine. »Was ist denn los, Mondkind?«

»Nenn mich nicht so, Mutter!«, jammerte Deborah.

Katherine strich das hellbraune Haar ihrer Tochter nach hinten. Das blaue Muttermal über Deborahs rechter Schläfe kam zum Vorschein. Der kleine, perfekt geformte Halbmond. Die blaue Mondsichel.

»Ich habe dich schon immer Mondkind genannt«, murmelte Katherine. »Du kamst bei Halbmond zur Welt, Deborah, einem Halbmond wie dem auf deiner Stirn.«

»Und dadurch bin ich verflucht worden!«, erklärte Deborah wütend. »Die Dorfbewohner machen mich für all ihre Schwierigkeiten verantwortlich. Nur wegen dieses Zeichens auf meinem Gesicht.«

Sie schob die Hand ihrer Mutter beiseite und bedeckte den blauen Halbmond wieder mit ihrem Haar. »Die Jungen aus der Schule – sie haben mich wieder gejagt.«

»Ich hab sie rufen gehört«, erwiderte ihre Mutter. »Das tut mir ja so Leid, mein Mädchen.«

Deborah versuchte erst gar nicht, die Tränen zurückzuhalten, die ihr über die Wangen hinabliefen. »Ich – ich bin keine Hexe! Ich bin gerade mal zwölf Jahre alt. Warum quälen sie mich? Warum hassen mich alle so?«

Katherine kehrte zum Herd zurück und legte noch ein

paar Holzscheite aufs Feuer. »So viele merkwürdige Dinge haben sich im Dorf zugetragen seit dem Tag, an dem du geboren wurdest.« Sie rührte die Eier mit einer langen hölzernen Schöpfkelle um.

»Mit dir kam am gleichen Tag ein zweiköpfiges Kalb zur Welt«, fuhr Katherine fort. »Und bald nach seinem Besuch in unserem Haus zog Landvogt Forrester zwei lebende Mäuse aus seinen Ohren. Seitdem ist er taub. Ja, so viele merkwürdige Dinge. Die Dorfbewohner wissen einfach nicht, wem sie die Schuld geben können.«

Deborah setzte sich auf einen Stuhl beim Feuer. »Aaron Harrison quält mich am schlimmsten«, sagte sie und ballte dabei die Fäuste so fest, dass sich ihre Fingernägel in die Handflächen gruben. »Er stolziert wie ein Prinz daher mit seinem blonden Haar. Und er stachelt die anderen Burschen gegen mich auf.«

»Nun beruhige dich doch, Deborah«, mahnte ihre Mutter. »Ich habe frische Eier zum Abendessen und einen Laib Brot vom Markt mitgebracht. Geh zum Brunnen und wasch dir das Gesicht. Das kühle Wasser hilft gegen die Tränen.«

Deborah überhörte ihren Rat. »Wenn ich es diesen Burschen doch nur heimzahlen könnte, Mutter. Wenn ich es Aaron Harrison doch nur heimzahlen könnte, dass er … dass er …« Ein Schluchzer drang aus ihrer Kehle.

»Schschscht, Deborah«, flüsterte Katherine.

Aber Deborah konnte ihre Wut nicht zurückhalten. »Wie können die es *wagen*, mich mit Steinen zu bewerfen! Wie können die es *wagen*, mich eine Hexe zu nennen! Ich hasse diese Kerle! Ich hasse sie! Ich … ich wünschte, ich könnte diesen Aaron so unglücklich machen, wie ich es bin!«

Am nächsten Tag wurde ihr Wunsch wahr.

GRUSELFIEBER

7

Der folgende Morgen dämmerte für einen Frühlingstag grau und empfindlich kühl herauf. Katherine trug schweigend das Frühstück auf – kalte Eier, die vom Vorabend übrig geblieben waren, und zwei Tassen mit dampfendem Kräutertee.

Deborah hatte die ganze Nacht kein Auge zugetan. Sie konnte Aaron und die anderen Jungen einfach nicht aus ihren Gedanken verbannen.

Sie saß an dem grob gezimmerten Holztisch und würgte ein Ei hinunter. Der Tee rann warm und wohltuend durch ihre Kehle.

Ein Windstoß ließ die Wände der Hütte wackeln. »Hast du geschlafen, Mutter?«, fragte Deborah.

Katherine zuckte die Achseln. »Ein bisschen.« Sie nippte an ihrem Tee und sah zu ihrer Tochter. »Das Heidekraut ist endlich erblüht.«

Deborah lächelte gequält. Schon immer hatte sie das frische lila Heidekraut zur Frühlingszeit geliebt.

Katherine nahm Deborahs Hand und drückte sie fest. »Lass uns heute Morgen auf den Hügel steigen und ein paar Körbe Heidekraut pflücken. Damit werden wir unsere Hütte schmücken.«

Deborah nickte. »Das ist eine wundervolle Idee, Mutter. Das süß duftende Heidekraut wird mich aufmuntern.«

Sie holten Weidenkörbe aus dem Schuppen hinter der Kate. Dann zogen sie Arm in Arm über das Feld.

Die aufgehende Sonne brannte sich durch die Kühle

des Morgennebels. Das Gras glitzerte von unzähligen Tautropfen.

Sie hatten den Dorfanger fast erreicht, als sie plötzlich lautes Geschrei hörten. Sie drehten den Kopf und sahen vier Frauen nebeneinander mit wehenden Schürzen auf sich zurennen.

»Katherine Andersen – halte deine Tochter fest!«, rief eine der Frauen zornig. »Lass sie nicht entwischen!«

Deborah ließ vor Schreck ihren Korb fallen. Kalte Furcht ergriff sie. »Mutter, was hat das zu bedeuten?«

Katherine nahm ihre Tochter an der Hand und starrte finster, während die aufgebrachten Frauen näher kamen.

Deborah erkannte Emily Harrison, Aarons Mutter, deren blondes Haar unter der dunkelblauen Haube hervorflatterte. Ihr rundliches Gesicht war rot und tränennass. Hinter ihr folgten Rosemary Platt sowie zwei ihrer Kusinen.

Heftig keuchend rannte Emily auf Deborah und Katherine zu. »Du Hexe!«, giftete sie Deborah an. »Wieso hast du das getan? Warum hast du meinen armen Sohn mit einem Fluch belegt?«

Ihre Augen brannten vor Zorn. Erschrocken wich Deborah vor ihr zurück.

»Du hast zum letzten Mal deine böse Magie in diesem Dorf ausgeübt!«, brüllte Rosemary Platt.

»Magie –?«, erwiderte Deborah matt.

Schluchzend packte Emily sie unsanft am Arm. »Komm mit«, zischte sie. »Komm mit und kehr deinen bösen Zauber um – auf der Stelle!«

Deborah riss an ihrem Arm und versuchte, sich aus Emilys festem Griff herauszuwinden. Aber die Frauen hatten sie eingekreist.

»Ich habe keine Ahnung, wovon ihr sprecht!«, schrie sie.

»Lasst meine Tochter in Ruhe!«, rief Katherine.

Emily Harrison zerrte Deborah über das Gras. »Du bringst in Ordnung, was du angerichtet hast – oder du wirst es büßen. Dafür werde ich sorgen!«

Die erbosten Frauen hatten einen engen Ring um Deborah und Katherine gebildet und trieben die beiden über das Feld und den Dorfanger. In der Nähe des Marktplatzes war eine kleine Volksmenge zusammengeströmt. Schweigend sahen die Leute zu, wie die vier Frauen Deborah und ihre Mutter vor die Türschwelle der Harrisons schleppten. Das Haus der Harrisons war frisch getüncht und mit zwei Stockwerken das größte im Dorf.

»Du hast mein Haus vergiftet«, schrie Emily, und die Tränen liefen ihr übers Gesicht. »Du hast mein gutes Heim mit deinem schändlichen Bösen angesteckt! Ich verlange, dass du deinen Fluch zurücknimmst und meinen einzigen Sohn rettest!«

Was glaubt sie denn, was ich getan habe?, wunderte sich Deborah. Wessen bezichtigt sie mich?

Was ist mit Aaron passiert?

Emily Harrison zog die hölzerne Haustür auf und schob Deborah hinein. »Aaron, ich habe sie hergebracht!«, rief die zornige Frau grimmig. »Jetzt wird alles gut!«

Zitternd und mit heftigem Herzklopfen spähte Deborah in das düstere Haus.

Es dauerte ein Weilchen, bis sie Aaron entdeckte. Er stand auf den grauen Steinfliesen vor dem Herd.

Und als Deborah ihn schließlich erkannte, öffnete sie den Mund und fing an zu schreien.

GRUSELFIEBER

8

Das Huhn trippelte ein paar Schritte auf sie zu. Seine Krallen machten ein klackerndes Geräusch auf dem Steinboden.

Erschrocken hielt sich Deborah die Hände an die Wangen und starrte entsetzt auf das Tier. Beim Anblick ihres Sohnes schluchzte Aarons Mutter erneut.

Das Huhn hatte langes, welliges blondes Haar. Aarons Haar.

Es legte den Kopf schief und schaute mit einem seiner flachen schwarzen Augen zu Deborah hoch. Dann gab es ein langes, tiefes *Gaaack* von sich und starrte sie vorwurfsvoll an, ohne sich zu rühren.

Deborah rang nach Atem.

»Wir wissen, dass dies dein Werk ist, Deborah«, flüsterte Emily Harrison. »Du hast den Jungen gestern gedroht. Du hast angekündigt, sie in Hühner zu verwandeln. Aaron hat es mir erzählt.«

Sie schob Deborah zu dem langhaarigen Huhn. »Jetzt verwandle ihn zurück. Mach, dass er wieder unser Sohn wird. Ich bitte dich – wenn du einen Funken Anstand in deinem schwarzen Herzen hast …« Sie blickte zu Deborah und ihre Augen füllten sich erneut mit Tränen.

»A-aber …« Mühsam presste Deborah die Worte hervor. Trotz ihres Hasses auf Aaron taten er und seine Mutter ihr Leid. »Ich habe das nicht getan«, flüsterte sie. »Glauben Sie mir, ich bin unschuldig. Ich kenne keine Zaubersprüche. Ich besitze keine magischen Kräfte. Ich habe Aaron das nicht angetan.«

Das blondhaarige Huhn gackerte wieder und wetzte seinen Schnabel am Steinboden.

»Du musst meiner Tochter glauben«, meldete sich Katherine zu Wort. »Sie sagt die Wahrheit. Sie ist unschuldig.«

»Unschuldig?«, zeterte Emily. »Unschuldig?« Sie griff in Deborahs braunes Haar und zog es ihr aus der Stirn.

»Da ist das halbmondförmige Zeichen der Hexe! Klar wie der helllichte Tag!«, kreischte die Frau. »Unschuldig? Unschuldig? Mit dem Zeichen des Mondes auf ihrem Gesicht? Nach all dem Bösen, das dieses Dorf seit dem Tag ihrer Geburt heimgesucht hat?«

Deborah hörte Schritte vor der Tür, dann gedämpfte Stimmen.

Sie drehte sich um und sah Ratsherr Harrison das Zimmer betreten, gefolgt von zwei weiteren Männern, die mit Musketen bewaffnet waren.

Harrison nahm seinen großen schwarzen Hut ab und starrte entsetzt auf das Huhn, als könnte er seinen Augen noch immer nicht trauen. Dann wandte er sich an Deborah.

»Dein böses Wesen hat in meinem Haus keinen Platz«, sprach er mit zitternder Stimme. »Mein Sohn – mein armer Junge. Verwandle ihn zurück, Hexe – oder du wirst die Folgen tragen müssen.«

»I-ich weiß nicht, wie«, stammelte Deborah. »Bitte, glauben Sie mir –«

Harrison kniff die Augen zusammen und sah sie finster an. »Ich habe den Sheriff vom Nachbarort mitgebracht«, verkündete er, an jedermann im Raum gerichtet. »Da heute Sonntag ist, können wir nichts unternehmen. Aber ich verspreche euch – Deborah Andersen wird morgen bei Anbruch der Nacht wegen Hexerei gehenkt werden.«

9

Mit einem entsetzten Aufschrei fiel Deborah auf die Knie. »Bitte, Sir. Ich flehe Euch an. Habt Erbarmen. Ich habe das nicht getan.«

»Schont das Leben meiner Tochter«, bettelte Katherine. »Sie besitzt keine Zauberkräfte, ich schwöre es!« Sie zog Deborah auf die Füße.

»Sie trägt das Zeichen des Mondes auf ihrem Kopf«, entgegnete Emily Harrison. »Nichts als Verzweiflung hat sie über unser Dorf gebracht – mit jedem Lebensjahr mehr. Wir können ihre üblen Machenschaften nicht länger dulden!«

Die Frau bückte sich und nahm das blondhaarige Huhn in ihre Arme. Dann hielt sie es Deborah vors Gesicht. »Bring Aaron zurück! Kehre den Zauber um, mit dem du unseren Sohn verhext hast!«

Deborah wich vor der abstoßenden Kreatur zurück. »I-ich habe keine Zauberkräfte«, flüsterte sie.

»Sie lügt!«, erklärte Emily. Sie ließ das Huhn fallen und stürzte sich kreischend und schluchzend auf Deborah, kratzte nach ihrem Gesicht und riss an ihrem Haar.

Deborah schreckte zurück und hob schützend die Hände vors Gesicht.

Ratsherr Harrison packte seine Frau und zerrte sie von Deborah weg. Schließlich hielt er sie in seinen Armen und sie weinte sich an seiner Schulter aus.

»Geh nach Hause, Weib!«, fauchte der Ratsherr Katherine an. »Nimm deine Tochter für eine letzte Nacht mit nach

Hause. Der Dorfrat wird morgen früh zusammenkommen. Sein Urteil wird zur Abenddämmerung vollstreckt.«

»Ich bitte Euch«, sagte Katherine. »Verschont das Leben meiner Tochter. Sie ist doch erst zwölf Jahre alt. Lasst Gnade walten, Sir! Ich werde sie vom Dorf fortbringen, wenn Ihr sie am Leben lasst.«

»Geht jetzt«, rief Harrison verächtlich und machte eine Handbewegung zur Tür. »Der Rat wird über das Schicksal deiner Tochter entscheiden. Ihre Bestrafung wird hart sein – und endgültig.«

»Bitte –!«, flehte Deborah.

Ihre Mutter zog sie zur Haustür. Das Letzte, was Deborah sah, ehe sie ins Tageslicht hinausstolperte, war das langhaarige Huhn, dessen Brustkorb sich hob und senkte, während es mit einem flachen schwarzen Auge zu ihr hochblickte.

Den Rest des Tages verbrachte Deborah wie umnachtet. Rastlos ging sie in der kleinen Kate auf und ab. Ihre Mutter bereitete ein bescheidenes Nachtmahl aus altem Brot und etwas Hammeleintopf zu. Deborah saß bei Tisch auf ihrem mit Weidenruten bespannten Stuhl und starrte auf das Essen auf ihrem Teller. Sie konnte es nicht anrühren, obwohl ihr bewusst war, dass es vermutlich ihr letztes war.

Ihre Mutter sprach nur wenig. Nach dem Essen spülte Deborah die verbeulten Zinnschüsseln aus. Katherine saß in einer Ecke gegenüber dem Herd und hielt ein kleines Gebetbuch auf dem Schoß. Sie hatte den Kopf gesenkt. Den ganzen Abend verharrte sie so und blickte nicht einmal auf.

Deborah hatte ihre Mutter noch nie zuvor beten gesehen.

Schließlich, nachdem sie in ihr Nachthemd aus Leinen geschlüpft war, setzte sich Deborah neben ihre Mutter. Das Feuer war inzwischen fast heruntergebrannt. »Werden sie mich hängen, Mutter?«, fragte sie. »Werden sie es tun?«

Katherine ließ das Gebetbuch sinken. »Es sind ehrbare Männer. Sie werden zur Vernunft kommen«, antwortete sie mit trockener, tonloser Stimme.

Deborah schluckte schwer. Sie fröstelte unter ihrem schweren Nachthemd. Damit das Zittern aufhörte, schlang sie die Arme um ihren Körper. »Mutter, du hast mich nie gefragt, ob ich Aaron Harrison nicht doch verhext habe. Du hast mich nie gefragt, ob ich Zauberkräfte besitze und sie bei den Dorfbewohnern gebrauche.«

Die Glut knackte im Herd. Katherine sah Deborah lange unverwandt an. »Ich brauche nicht zu fragen«, sagte sie endlich. »Ich kenne meine Tochter. Und ich weiß, dass du keine Hexe bist.«

Deborah umarmte ihre Mutter und verbarg das Gesicht an ihrem Hals. Sie wünschte sich, von ihrer Mutter zu hören, dass alles gut ausgehen würde. Dass man ihr Leben verschonen würde. Dass die Dorfbewohner ihren Fehler einsehen würden.

Aber Katherine starrte weiter mit grimmiger Miene in das erlöschende Feuer. Sie hält ihre Tränen zurück, dachte Deborah. Sie zwingt sich, nicht vor mir zu weinen.

Deborah lag auf ihrem Strohlager, konnte jedoch keinen Schlaf finden.

Ist dies meine letzte Nacht auf Erden?, überlegte sie.

Sie starrte ins Dunkel hinauf. Bilder geisterten durch ihren Kopf. Von ihrem Vater mit all seinen verschnürten Waren, wie er sich noch mal umdrehte, um ihr nachzuwinken, als er sich auf den Weg zu dem Handelsschiff machte, das ihn nach China bringen sollte … Von Aaron und den anderen Jungen, die sie von der Schule vertrieben, Steine nach ihr warfen und sie beschimpften … Von dem blonden Huhn, das anklagend zu ihr aufblickte …

Endlich nickte Deborah ein. Aber plötzlich rissen sie Schreie und Rufe draußen vor dem Haus aus dem Schlaf. Ihr erster Gedanke war: *Sie kommen mich holen!*

Sie sprang aus dem Bett und rannte ins vordere Zimmer. Die Haustür war offen. Katherine stand in der Tür und starrte hinaus. Auf ihrem Gesicht und ihrem Nachthemd spiegelte sich ein zuckender, flackernder, rot glühender Lichtschein.

In der Ferne schwollen die beunruhigenden Rufe an.

»Mutter –«, keuchte Deborah. »Was geht hier vor?«

GRUSELFIEBER 10

Deborah eilte zur Tür und drängte sich neben ihre Mutter.

Sie starrte auf die hellroten Flammen, die zum Nachthimmel hochzüngelten. Eine tosende Feuersbrunst. Schreiend und wild gestikulierend, rannten Menschen in alle Richtungen. Von fern hörte man einen Hund aufgeregt bellen. Das Brüllen des Feuers erstickte die Schreie und Rufe nahezu.

Jenseits des Feldes loderte eine Flammenwand über den Häusern empor. Das Knallen von brennendem Holz schnitt durch das Brausen des Feuers. Dichte Qualmwolken stiegen über den Flammen auf.

»Das Dorf brennt«, murmelte Katherine. Deborah sah den Widerschein der Flammen in den Augen ihrer Mutter.

»Aber – wie kommt das?«, flüsterte Deborah.

Männer stoben in Panik durcheinander. Frauen scharten ihre Kinder um sich und schrien angstvoll.

Ohne zu merken, was sie tat, ging Deborah über das Feld auf das Dorf zu. In Rot getaucht, dachte sie. Alle sind sie in Rot getaucht, als wären sie ins Feuer getunkt worden.

Sie fröstelte, als sie näher heranging. Ein kalter Wind blies ihr Haar nach hinten. Der Wind wehte beißenden Brandgeruch herüber. Und als er über Deborahs Arm strich, fühlte sich der Rauch kälter an als die Luft.

Kalt?

Ja. Der von den Flammen entfachte Wind war kalt.

Aber wie war das möglich?

Als Deborah noch näher kam, konnte sie die erschrockenen Worte der Dorfbewohner hören ...

»Kalt! Die Flammen sind kalt!«

»Das Feuer brennt kalt! Was sind das für Flammen?«

»Das Feuer brennt und gefriert zugleich!«

»Hexenwerk! Hexerei!«

Deborah blieb das Herz stehen. Sie fuhr herum und wollte zu ihrer Hütte zurücklaufen.

Zu spät.

Schon sah sie die anklagenden Blicke der Dorfbewohner. Sah die Furcht, den Hass in ihren starrenden Augen.

Sah ihren Zorn.

Ich bin verloren, dachte sie, während sie über das Gras rannte und der Boden rot unter ihren Füßen leuchtete.

Ich habe dieses sonderbare, kalte Feuer nicht gelegt. Aber es hat mein Schicksal besiegelt.

Jetzt werden sie mich holen kommen. Sie werden mich nicht am Leben lassen.

Und sie kamen gleich am nächsten Morgen.

Das ganze Dorf versammelte sich hinter Ratsherr Harrison und den beiden mit Musketen bewaffneten Männern. Schweigend standen sie mit grimmiger Miene herum, als der Ratsherr Deborah und ihre Mutter aus der Hütte führte.

Von der anderen Seite des Feldes hörte man das Feuer noch immer zischen. Schwarzer Rauch bedeckte unheilvoll den Morgenhimmel und verfinsterte die Sonne, dass es so dunkel war wie zur Abenddämmerung.

Eisplatten überzogen den Boden, wo die Häuser und Hütten und Dorfgebäude gestanden hatten. Das rätselhafte kalte Feuer hatte einen Mantel aus Eis über der Asche hinterlassen.

Das gesamte Dorf lag in Trümmern. Nichts war unversehrt geblieben.

Die erschöpften Dorfbewohner standen schweigend da. Ratsherr Harrison trat dicht an Deborah heran; sein Schatten fiel auf sie wie ein Leichentuch.

»Du hast die Ortschaft Ravenswoode zum letzten Mal verflucht«, verkündete er mit dröhnender Stimme.

»Nein! Verschont meine Tochter!«, schrie Katherine. »Ich flehe Euch an! Verschont sie!«

Deborahs Beine begannen zu zittern. Sie fragte sich, ob sie sich noch lange auf ihnen halten könne. Der Boden schien zu kippen. Plötzlich fühlte sie sich schwindlig, benommen.

Der Ratsherr starrte sie finster an. »Weil deine Mutter eine gute und ehrbare Frau ist, wird dir das Leben geschenkt«, erklärte er. »Aber wir werden nicht länger unter deiner bösen Magie zu leiden haben.«

Aus Deborahs Mund drang ein bibberndes Stöhnen. Sie fasste die Hand ihrer Mutter und war erstaunt, dass sie sich so eisig anfühlte wie ihre eigene.

»Du musst das Dorf auf der Stelle verlassen«, befahl Harrison. »Du wirst verbannt und darfst nie mehr zurückkehren. Man wird dich nach Plymouth fahren. Dort wirst du ein Segelschiff besteigen. Das Schiff wird dich zu einer fernen Insel bringen – einer Insel in den Tropen, auf der keine Menschenseele lebt.«

»Aber, Sir –«, hob Deborah an zu protestieren.

»Du wirst dazu verurteilt, für den Rest deiner Tage allein zu leben, Deborah Andersen!«, tönte Harrison fort. »Ganz allein auf einer Insel, die niemand sonst je betreten wird. Allein, wo du niemandem mit deiner Hexerei schaden kannst.«

Deborah streckte flehend die Hände aus, um ihn umzustimmen. Doch Harrison wandte sich von ihr ab. Er und seine zwei bewaffneten Begleiter schritten von dannen. Die Dorfbewohner folgten nach und kehrten zu den gefrorenen Ruinen ihrer Häuser zurück.

Deborah merkte, dass sie noch immer die Hand ihrer Mutter hielt. Katherine hatte ein seltsam entrücktes Lächeln auf ihrem Gesicht. Ein trauriges, freudloses Lächeln, dachte Deborah.

»Sie haben dein Leben geschont«, sagte Katherine leise.

»Aber Mutter –«, begehrte Deborah auf. »Was für ein Leben werde ich dort führen, ganz allein für immer auf einer fernen, unbewohnten Insel? Muss ich wirklich den Rest meiner Tage dort zubringen? Was kann ich tun, Mutter? *Was kann ich nur tun?*«

Teil 3

In diesem Frühjahr

Eine tropische Insel

GRUSELFIEBER

11

Anne lehnte an der Reeling des Schiffs und ließ ihren Blick über die Insel schweifen. Sie sah schräg gewachsene Palmen entlang der Küste und dahinter grüne Hügel, die im goldenen Sonnenlicht glänzten.

Wie eine Fata Morgana, dachte sie. Die sanfte Dünung des grünlich blauen, klaren Wassers … die blau schimmernden Felsen am Ufer … die kleinen weißen Hütten, halb versteckt im Gewirr der Palmen …

Ob das Höhlen waren, die da in die blauen Felsen geschnitten waren? Ich würde zu gerne bei einer Höhlenerkundung mitmachen, dachte Anne.

Sie zupfte an dem roten Plastikohrring, der an ihrem linken Ohr baumelte. Eine Traumkulisse für einen Filmdreh!, sagte sie zu sich selbst. Ich kann nicht glauben, dass ich das erleben darf!

Der Bootsführer warf den Motor an und das Boot reckte seinen Bug aus dem Wasser, als es mit lautem Geknatter losjagte. Bald kam ein kurzer, hölzerner Anlegesteg in Sicht. Kleine weiße Motorboote dümpelten im Wasser.

Am Ufer konnte Anne zwei Männer in weißen Shorts und T-Shirts herbeirennen sehen. Sie hatten das Boot bereits erwartet. Die Kinder auf dem Deck hinter ihr riefen und winkten ihnen zu.

Anne drehte sich zu Kirsten Wood um und hielt ihren Daumen in die Höhe.

»Wir haben's geschafft!«, rief Kirsten mit ihrer heiseren, rauchigen Stimme.

Noch drei andere Kinder setzten mit dem Boot von der Hauptinsel zur Ferieninsel über. Anne hatte sich sofort mit Kirsten angefreundet.

Kirsten war klein und drahtig, ein Energiebündel. Sie hatte rabenschwarzes Haar, das sie fest im Nacken zusammenband, und dunkle, runde Augen. Ausdrucksvolle Augen, die mitten durch einen hindurchzublicken schienen. Und sie hatte diese witzige rauchige Stimme.

Dann war da noch ein Mädchen mit Namen Martine. Sie war groß und blond und hatte ein lautes, kehliges Lachen. Martine erzählte, sie sei kalifornische Landesmeisterin im Schwimmen. Sie hoffte, viel Zeit damit zu verbringen, die Insel schwimmend zu erkunden.

Der Dritte im Bunde war ein rothaariger Junge namens Anthony. Auf Anne machte er einen nervösen Eindruck, er wirkte sehr angespannt und ernst. Er mochte es nicht, wenn man ihn wegen seiner Sommersprossen neckte. Und er machte bei keinem von ihren Späßen mit. Während die anderen faulenzten und die Sonne genossen, blieb Anthony unter Deck und schmökerte in einem Buch.

»Ich frage mich, ob die Berühmtheiten schon hier eingetrudelt sind«, sagte Anne. »Kannst du dir vorstellen, dass wir mit Filmstars, Nobelpreisträgern aus der Wissenschaft und einem Richter am Obersten Gerichtshof unsere Zeit hier verbringen werden?«

Martines blondes Haar flatterte im Wind. »Vielleicht werden wir ja alle entdeckt und bekommen fantastische Filmverträge angeboten«, meinte sie.

Kirsten lachte. »Du träumst wohl gern?«, fragte sie Martine.

Der Schiffsführer stoppte den Motor. Das Boot wurde

langsamer und glitt auf den Anlegesteg zu. Die beiden jungen Männer standen als Begrüßungskomitee bereit. Auf ihren T-Shirts prangte in großen Lettern der Aufdruck ASSISTENT DER FERIENAKADEMIE.

Der Käptn warf die Leine aus und einer der beiden Männer fing sie und vertäute sie an dem Poller.

Anne bekam richtig Herzklopfen. Ich bin hier, dachte sie. Ich bin tatsächlich hier. Das werden die zwei unglaublichsten Wochen meines Lebens.

»Hallo, Leute – wie geht's?« Der Erste der beiden Helfer beugte sich herunter und nahm Martines Hand. Dann half er ihr auf den aus Holzplanken gezimmerten Steg hinauf. »Willkommen im Feriendorf. Ich bin Josh – und der hässliche Vogel da drüben ist Rick.«

»Jetzt mach aber mal halblang«, brummte Rick.

Anne streckte ihre Hand aus und Josh half ihr aus dem Boot. Der hat ja ein zuckersüßes Lächeln, dachte sie heimlich.

Josh war braungebrannt und hatte olivgrüne Augen und eine wilde schwarze Wuschelmähne.

Als Nächstes half er Kirsten auf den Steg. Anthony bestand darauf, ohne fremde Hilfe an Land zu gehen.

»Zwei … drei … vier …« Rick zeigte beim Abzählen mit dem Finger auf die Kinder. Dann wandte er sich an Josh. »He, haben wir nicht bloß drei erwartet? Wie kommt's, dass jetzt vier von euch da sind?«

»Einer von uns ist ein blinder Passagier«, scherzte Kirsten.

Josh und Rick lachten nicht. »Das ist echt seltsam«, sagte Josh.

Rick zuckte mit den Schultern. »Wie auch immer. Wir lassen Marks das klären.«

»Donald Marks ist unser großer, ruhmreicher Anführer«, verkündete Josh. »Das dort drüben ist seine königliche Residenz.« Er zeigte auf eine weiße Hütte am Rand des Wäldchens. »Rick und ich sind seine demütigen Sklaven.«

Rick gab Josh einen neckischen Schubs. »Marks ist ein ganz netter Kerl«, sagte er. »Er hat das alles hier aufgezogen. Ihr werdet sehen, er ist wirklich beeindruckend. Gleich dürft ihr ihn kennen lernen.«

»Was ist mit unseren Taschen?«, fragte Anthony.

»Oh, die werden wir Sklaven ausladen«, erwiderte Josh. »Sobald ihr wisst, wer in welches Team kommt, bringen wir sie euch zu eurer Hütte.«

Anthony runzelte die Stirn. »Es gibt Gruppen? Sie meinen, wir müssen Mannschaften bilden?«

Josh nickte. »Für die Spiele des Lebens.«

»Glaub mir, wenn die Spiele losgehen, wirst du froh sein, Teamkollegen zu haben«, ergänzte Rick.

Na, als Teamkamerad taugt Anthony wohl kaum, dachte Anne. Vielleicht ist er bloß nervös. So wie ich. Trotzdem … hoffentlich ist er nicht bei mir im Team.

Während Josh sie zu Donald Marks führte, betrachtete Anne das kleine Hüttendorf. Die Dächer einiger Hütten waren mit Palmwedeln gedeckt. Ein langes, niedriges Gebäude schien ein Gemeinschaftsraum zu sein.

Auf einer sandigen Lichtung zwischen den Hüttenreihen spielten vier Jungen Frisbee. Anne sah zwei Mädchen, die auf Strandtüchern lagen und sich sonnten.

Das wird das beste Sommerlager der Welt!, dachte sie bei sich.

Auf einem handgemalten Schild an der Tür zu Marks’

Büro stand: BITTE NUR LÄCHELN! Josh zog die Tür auf und schob Anne und die anderen hinein.

Marks saß hinter einem Tisch, auf dem sich Berge von Papier und Akten türmten. Als sie eintraten, sprang er von seinem Stuhl hoch und riss dabei einen Stapel Akten um.

»Willkommen, willkommen«, sagte er und rieb sich die Hände.

Der ist ja ein Riese!, dachte Anne.

Marks war so groß, dass er den Kopf einziehen musste, um nicht gegen die niedrige Decke zu stoßen. Und dieser Kopf war gewaltig groß, rund wie eine Bowlingkugel und ebenso kahl.

Über seiner Knollennase saßen zwei kleine schwarze Augen und im Gesicht zeigten sich zarte Stoppeln eines dunklen Barts. Er war eine große, wuchtige Erscheinung, wie Anne feststellte, breitschultrig und unter seinem XXXL-Shirt schauten zwei gewaltige Bizepse hervor.

Wie ein Ringer, dachte Anne. Daran erinnert er mich. An einen von diesen Wrestlingstars im Fernsehen.

Marks schritt die Reihe der Kinder ab, begrüßte sie herzlich und gab jedem die Hand. Sein Händedruck ist ebenfalls der eines Ringers, dachte Anne. Ihre Hand pochte schmerzhaft, nachdem Marks sie zu Ende geschüttelt hatte.

»Nun, da wären wir ja alle«, sagte Marks und strahlte sie aus seinen kleinen, funkelnden Augen an. »Ich weiß, es war eine lange Reise für euch. Aber ich denke, es wird sich lohnen.«

Er begann, in den Papieren auf seinem Schreibtisch herumzuwühlen. »Ihr habt es vermutlich alle eilig, eure Sachen auszupacken und etwas zu entspannen. Lasst mich mal eure Gruppeneinteilung raussuchen …«

Er blickte auf. »Ihr fragt euch wohl, warum ich all diesen Kram nicht in einem Computer habe. Nun ... wir haben hier auf der Insel zwar einen kleinen Stromgenerator gebaut, aber wir müssen ein Auge darauf haben, wie viel Strom wir verbrauchen. Deshalb – keine Computer.« Er schaute zu Martine. »Und keine Haartrockner.«

»Brennen im Lager nachts Lampen?«, fragte Anne.

»Einige wenige«, antwortete Marks und stöberte in den Papieren herum. »Trotzdem ist es ziemlich dunkel. Ihr müsst bedenken, dass nie jemand auf dieser Insel gelebt hat. Wir mussten alles aus eigener Kraft aus dem Nichts stampfen.«

Er zog ein Klemmbrett heraus. »Aha. Hier steht es ja. Also, dann lasst mich mal eben eure Namen abhaken.« Plötzlich änderte sich sein Gesichtsausdruck und er blinzelte mehrmals die Seite auf dem Klemmbrett an.

»Nanu«, sagte er. »Das ist ja merkwürdig.« Er schielte auf das Papier. »Meine Augen spielen mir einen Streich. Die Worte verschwimmen auf dem Blatt.« Er schüttelte den Kopf. »Ich schätze, ich bin wohl zu lange in der Sonne gewesen. Oder ich brauche eine Brille.«

Er wandte sich wieder der Namensliste zu. Nacheinander hakte er Anthony, Martine und Kirsten ab. Dann drehte er sich zu Anne. »Und zu guter Letzt ...«, brummte er und grinste sie durch seinen dunklen Stoppelbart an. »Wer bist du?«

»Anne Powers.«

Er starrte auf seine Checkliste. »Powers ... Powers ...« Er schaute zu Anne, als würde er sie mustern. »Anne Powers ...«

Anne nickte.

»Anne, hast du einen Brief von uns erhalten? Eine Einladung?«, fragte Marks.

Anne konnte spüren, wie ihr Gesicht heiß wurde. »Ja, natürlich«, antwortete sie gereizt und zupfte nervös an ihrem Ohrring.

Marks fuhr noch mal mit dem Finger langsam die Namensliste auf dem Klemmbrett ab. Dann kratzte er sich mit einer seiner fleischigen Hände am Kopf und drehte sich zurück zu Anne.

»Es tut mir wirklich Leid«, sagte er leise. »Aber du stehst nicht auf der Liste.«

Anne spürte, wie ihr Gesicht wieder heiß wurde. »I-ich verstehe das nicht«, sagte sie.

Marks grübelte über seiner Checkliste. Noch einmal fuhr er mit dem Finger die Namen von oben nach unten ab, zählte, bewegte stumm die Lippen.

»Elf … zwölf. Ja, wir haben bereits zwölf«, sagte er und blickte Anne aus zusammengekniffenen Augen an. »Hast du zufällig deine Einladung mitgebracht?«

»Ähm … nein«, erwiderte Anne. »Daran habe ich nicht gedacht …«

»Wir haben nur Platz für zwölf Kinder«, sagte Marks und kratzte sich abermals am Kopf. »Und dein Name steht nicht auf der Liste.«

»Aber – wie ist das möglich?«, fragte Anne. Sie versuchte, ruhig zu bleiben, doch ihre Stimme wurde zittrig.

Marks studierte noch einmal die Liste und blätterte mehrere Seiten durch. »Ist hier womöglich jemand, der nicht hierher gehört?«, murmelte er.

Er ließ sich schwer auf den mit Segeltuch bespannten Stuhl hinter seinem Schreibtisch fallen. »Nun, wir können keine dreizehn gebrauchen«, sagte er kopfschüttelnd. »Wir haben drei Teams mit je vier Leuten. Und nur zwölf Betten. Hier ist kein Platz für eine dreizehnte Person.« Er starrte Anne beinahe herausfordernd an.

»W-was wollen Sie damit andeuten?«, stammelte Anne.

»Du kannst nicht bleiben. Wir müssen dich nach Hause zurückschicken«, sagte Marks.

»Soll ich den ganzen weiten Weg umsonst gemacht haben?«, rief Anne.

Kirsten trat vor und legte eine Hand auf Annes Schulter. »Das ist nicht fair«, sagte sie zu Marks. »Vielleicht könnten Anne und ich uns den Platz irgendwie teilen. Wir könnten doch zusammenarbeiten oder so.«

Das ist wirklich lieb von Kirsten, dachte Anne. Ich habe sie erst gestern kennen gelernt und sie ist schon so eine gute Freundin.

Marks schüttelte wieder den Kopf. »Es tut mir Leid«, sagte er. »Hier geht es um 100 000 Dollar. Ich kann niemandem erlauben zu bleiben, der nicht auf der Liste steht. Das würde die Spiele komplett über den Haufen werfen. Und es wäre den anderen gegenüber ungerecht.«

»Aber – aber –«, stotterte Anne und fühlte, wie ihr die Tränen in die Augen stiegen. Sie biss sich auf die Unterlippe, um nicht loszuheulen.

Das ist nicht gerecht, dachte sie. Ich wurde eingeladen. Mein Name sollte auf dieser Liste stehen.

Entweder hat Marks einen Fehler gemacht. Oder es ist jemand auf der Insel, der nicht hierher gehört.

Aber ich wurde eingeladen. Man sollte mir erlauben zu bleiben.

Es ist nicht fair. Es ist einfach nicht fair.

Was soll ich jetzt machen?

Da ließ ein schriller Schrei Anne zusammenfahren. Erschrocken sprang sie auf.

Und als sie sich umdrehte, sah sie, wie Martine entsetzt den Mund öffnete und einen neuerlichen gellenden Schrei ausstieß.

»NEEIIIN! HILFE! OOOHH, HELFT MIR!«

GRUSELFIEBER

13

Hellrotes Blut drang aus Martines Ohren. Doch obwohl sie sich die Ohren zuhielt, sickerte das Blut weiter heraus.

»OOOH, HELFT MIR. MEINE TROMMELFELLE…«

Martine fiel schreiend auf die Knie und fing an zu weinen.

Marks handelte schnell. Er rannte zur Tür und rief nach Josh und Rick. Dann holte er einen Erste-Hilfe-Kasten aus der Schreibtischschublade.

Er kniete sich neben Martine und zog ihr die Hände von den Ohren. Dann bemühte er sich, die Blutung mit zusammengeknülltem Mullverband zu stillen.

»Mist! Sind dir die Trommelfelle geplatzt?«, rief Marks. »Hast du schon früher Ohrprobleme gehabt?«

Martine schüttelte den Kopf. »Nein. Oh … tut das weh! Diese Schmerzen!«, jammerte Martine. »Ich … ich halte das nicht aus!«

Josh und Rick und eine junge, dunkelhaarige Frau kamen zur Tür hereingestürmt. Erschrocken rissen sie die Augen auf, als sie Martine auf dem Boden liegen sahen und das Blut bemerkten.

»Wo ist die Krankenschwester?«, fragte Marks.

»Auf der Hauptinsel«, erwiderte Rick.

»Also, dann muss dieses Mädchen schnellstmöglich zur Hauptinsel rübergebracht werden«, ordnete Marks an. »Bringt sie ins Boot – Tempo, Tempo!«

Die drei Mitarbeiter halfen Martine auf die Beine. Sie jammerte und weinte und presste sich die Handflächen auf die Ohren. Vorsichtig führten die drei sie aus Marks' Büro.

Der ließ sich mit einem langen Seufzer in seinen Sessel plumpsen. Sein kahler Kopf glänzte von Schweißperlen. An den Händen und auf der Vorderseite seines T-Shirts klebte getrocknetes Blut.

Plötzlich merkte Anne, dass sie sich in die Unterlippe biss. Als sie losließ, schmeckte sie Blut. Ihr Herz hämmerte in ihrer Brust. Immer wieder sah sie das rot leuchtende Blut aus Martines Ohren vor sich.

Wie war das passiert?, fragte sie sich. Eben noch hatte Martine ganz ruhig hier gestanden.

Und in der nächsten Minute …

Anne drehte sich um und sah, dass Marks sie anstarrte. Er legte die Stirn in Falten und seine kleinen dunklen Augen bohrten sich in ihre. Als ob er sie taxieren wollte, sie einzuschätzen versuchte.

Schließlich sagte er: »Ich verstehe absolut nicht, was mit

Martine geschehen ist. Es kam so plötzlich. Können Trommelfelle denn grundlos platzen?«

»Arme Martine«, flüsterte Kirsten. »Das war ja furchtbar.«

»Puuh. Ich hab auch tierisch Bammel gekriegt«, sagte Anthony, der sehr blass aussah, so blass, dass seine Sommersprossen verschwunden waren. »Ich zittere immer noch. Heute Nacht werde ich wohl Albträume haben.«

»Die Krankenschwester auf der Hauptinsel wird Martine behandeln«, sagte Marks. »Sobald sie transportfähig ist, werden wir sie nach Hause fliegen.«

Marks rieb sich die speckigen Wangen und sah Anne schief an. »Nun … wie es scheint, ist jetzt doch ein Platz für dich frei.«

Anne schluckte. Wenn nur ihr Herz aufhören würde, so schnell und heftig zu pochen. »Sie meinen –«

»Wir brauchen zwölf Kinder«, sagte Marks. »Jetzt bist du Nummer zwölf. Martine ist weg. Also kannst du bleiben, Anne.« Er blickte auf die Liste auf seinem Schreibtisch. »Merkwürdig«, murmelte er.

»Danke! Danke!«, rief Anne.

Marks sagte ihnen, sie sollten nach draußen gehen, das Lager erkunden und die anderen Kinder kennen lernen. »Ich möchte erst noch hier sauber machen«, sagte er. »Dann komme ich raus und gebe euch die Hüttenbelegung bekannt und wer mit wem ein Team bildet.«

Anne folgte Kirsten und Anthony aus der kleinen Hütte ins Sonnenlicht. Eine Million Gedanken schwirrten ihr durch den Kopf, dass ihr schwindlig wurde.

Was ist da drin geschehen?, wunderte sie sich. Warum stand mein Name nicht auf der Liste? Wieso hat Marks mich so seltsam angestiert? Und warum waren Martines Trommelfelle ohne erkennbaren Grund geplatzt?

Es war so schrecklich. So Furcht erregend.

Plötzlich merkte Anne, dass Anthony kicherte. Es war das erste Mal, dass sie ihn überhaupt lächeln sah. »Anthony? Was ist denn so komisch?«, fragte sie.

Anthony wurde rot. »Och, nichts«, sagte er. »Gar nichts.« Und eilig lief er weg.

GRUSELFIEBER 14

Die geflochtene Hängebrücke schwankte in der warmen Brise. Unter der Brücke plätscherte leise gurgelnd ein Bach, dessen Wasser im Sonnenlicht glitzerte.

Das Ding ist doch nicht stabil genug, um irgendwen zu tragen, dachte Anne. Ein Angstschauder lief ihr über den Rücken. Ob die uns da wirklich rüberschicken wollen? Die Seile sind morsch und ausgefranst.

Anne schaute auf das einzelne Seil, das als Geländer diente. Und auf die Löcher im Brückenboden. Ein falscher Schritt – und man konnte glatt durchfallen, dachte sie.

»Das riecht nach Spaß!«, sagte Anthony und stellte sich händereibend neben sie.

Macht der Kerl Witze?, wunderte sich Anne. Seit sie ihn nach Martines grauenhaftem Ohrproblem kichern gesehen hatte, konnte sie ihn überhaupt nicht richtig einschätzen.

War er wirklich scharf darauf, über diese verrottete Hängebrücke zu rennen? Oder sollte das so was wie ein Scherz sein?

Die meiste Zeit über war Anthony ganz ernst. Dann auf einmal fand er irgendetwas komisch und fing an zu kichern. Aber sie waren im selben Team, also musste Anne versuchen, mit ihm gut auszukommen.

Die beiden anderen Teammitglieder gesellten sich dazu. Anne war froh, dass man Kirsten ihrem Team zugeteilt hatte. Sie und Kirsten waren sich nicht sehr ähnlich. Im Vergleich zu Kirsten war Anne ein stiller, nachdenklicher Typ. Und besonders sportlich war sie auch nicht.

Die kleine, drahtige Kirsten hatte dagegen Hummeln im Hintern. Sie musste immerzu in Bewegung sein. Sie war ganz gierig danach, sich mit anderen zu messen. Kirsten wollte siegen, siegen, siegen. Und ihr Mundwerk plapperte ohne Ende.

Der Vierte im Bunde war ein Junge namens Marlin. Er war Afroamerikaner, groß und sehr athletisch. Marlin hatte kurzes Haar, große braune Augen, die alles aufzusaugen und jeden zu taxieren schienen, und ein sympathisches Lächeln. Außerdem trug er einen kleinen silbernen Ohrring.

Marlin feuerte seine Teamkollegen ohne Pause an und machte ihnen Mut – er war ein Anführertyp und Cheerleader zugleich. Falls wir einen Teamchef brauchten, sollte es Marlin sein, dachte Anne.

Die Teams waren beim Einführungstreffen am Abend von Annes Ankunft zusammengestellt worden. Marks hatte sie alle an der Tür zum Gemeinschaftsraum begrüßt, hatte Hände geschüttelt und abgeklatscht, gelacht und mit jedem ein Schwätzchen gehalten.

Er stellte Josh, Rick und Abby vor, seinen aus drei Helfern bestehenden Mitarbeiterstab. Und dann ließ Marks die zwölf Kinder der Reihe nach aufstehen, damit sie sich vorstellen und ein wenig aus ihrem Leben erzählen konnten.

»Wir haben drei Teams für die Spiele des Lebens«, verkündete Marks. »Es werden zahlreiche Wettbewerbe ausgetragen. Bei den meisten Spielen erhält die siegreiche Mannschaft zehn Punkte. Der zweite Platz wird mit fünf Punkten belohnt. Der dritte Platz geht leer aus.

Die wichtigsten Wettbewerbe drehen sich um Treue, Ehrlichkeit und Mut«, fuhr er fort. »Sie bringen jeweils fünfzig Punkte ein. Nach jeder dieser großen Aufgaben wird das Verliererteam ausgeschaltet.«

»Was heißt das genau?«, meldete sich Dolores, eine große Blondine in einem roten, nabelfreien Top aus der hinteren Reihe.

»Ja, was heißt ausschalten?«, wiederholte Marks. »Es bedeutet, dass ihr weg vom Fenster seid. Ihr seid *raus*!«

Ein paar Kinder lachten. Die meisten starrten Marks jedoch ehrfürchtig an.

Eine ernsthafte Truppe ist das, dachte Anne. Die sind wirklich hergekommen, um sich im Wettkampf zu messen. Und um die 100 000 Dollar einzusacken.

»Es wird nur ein Team übrig bleiben, um sich der Tapferkeitsprüfung zu stellen«, fuhr Marks fort. »Und wenn die Teilnehmer auch hier erfolgreich sind, dürfen sie sich die Gewinnsumme teilen. Ich wünsche euch allen viel Glück. Diese Insel ist schön, doch sie birgt auch eine Fülle von Herausforderungen.«

»Wann kommen die Promis?«, rief Dolores. »Werden sie für uns Veranstaltungen geben? Oder einfach nur hier ausspannen?«

Marks zerklatschte einen Moskito auf seinem kahlen

Kopf. »Im Moment erstellen wir den Fahrplan für ihren Bootstransfer«, erwiderte er. »Ich hoffe, euch in ein bis zwei Tagen Antwort geben zu können. Ihr werdet alle sehr bald den Nervenkitzel erleben, diesen interessanten und erfolgreichen Persönlichkeiten zu begegnen.«

Anthony, der in der ersten Reihe saß, hob die Hand. »Werden die Spiele des Lebens gleich morgen früh beginnen?«, fragte er.

Marks schüttelte den Kopf. »Das haben sie bereits«, murmelte er.

GRUSELFIEBER

15

»Das Ding schaukeln wir nach Hause«, erklärte Marlin nach dem Treffen. Er scharte Kirsten, Anne und Anthony auf dem Sandplatz zwischen den Hütten um sich. »Null Problemo. Wir werden gewinnen – kein Zweifel!«

Dann reckte er die Hände hoch über den Kopf und stimmte einen Schlachtruf an. »Wir werden si-iegen! Wir werden si-iegen! Wir werden si-iegen!«

Kirsten und Anthony fielen rasch mit ein. Anne kam sich immer blöd vor, mit einer Masse zu johlen. Sie war einfach kein Cheerleadertyp. Aber als sie sah, wie die anderen sie anstarrten, machte sie schließlich doch mit.

»Wir werden si-iegen! Wir werden si-iegen!« Jetzt ließ Marlin sie beim Singen noch in die Luft springen. Und Anne kam rasch in Stimmung. Sie sang und hüpfte mit den anderen und spürte, wie sich ihre Erregung steigerte. Es war ein gutes Gefühl, Teil des Teams zu sein.

Auf dem Rückweg zu ihren Hütten sahen die zwei anderen Mannschaften sie, und sofort versammelten sie sich eilig, um ihre eigenen Gesänge anzustimmen.

»Wir werden si-iegen! Wir werden si-iegen!«

Lauter und lauter wurde der Gesang. Die Stimmen klangen durch die Bäume und hallten von den Felsen wider, getragen von den sanften Winden der kleinen Insel.

Echt *irre*!, dachte Anne. Alle sind so *überdreht*.

Das werden bestimmt zwei faszinierende Wochen!

Inzwischen war es Nachmittag am darauf folgenden Tag. Anne starrte auf die im Wind schwankende Hängebrücke.

Das sieht nicht wie eine Brücke aus, dachte sie. Eher wie ein riesiges Netz. Wie sollen wir bloß über diese geknüpften Seile *rennen*?

Der Bach da unten war nicht tief genug zum Schwimmen, so viel stand fest. Sollte jemand von der Brücke stürzen – oder hindurchfallen …

Plötzlich fiel ihr auf, dass sie an Pam dachte, die zu Hause geblieben war. Als Anne ihr von der Ferienakademie berichtet hatte, war Pam total neidisch geworden.

»*Ich* hätte eingeladen werden sollen«, hatte Pam getönt. »Jeder weiß, dass ich viel sportlicher bin als du. Ich gewinne wirklich gern. So was ist dir doch völlig gleichgültig. Denen muss irgendein Fehler unterlaufen sein.«

Diese Worte hatten Anne so wütend gemacht, dass sie kaum sprechen konnte. Ohne sich von Pam zu verabschieden, war sie zu der Insel abgereist.

Ich werde Pam zeigen, dass sie sich getäuscht hat, dachte Anne mit festem Blick auf die Hängebrücke. Pam ist nicht die Einzige, die Wettkämpfe liebt. Ich bin auch ein Siegertyp.

Ein schriller Pfiff riss Anne aus ihren Gedanken. Josh winkte alle herbei, um ihnen etwas mitzuteilen. Noch einmal blies er in seine Trillerpfeife.

Joshs gewelltes dunkles Haar flatterte im Wind. Er trug ebenfalls ein weißes T-Shirt mit dem Logo der Ferienakademie und dazu weite Bermudashorts. »Alles antreten!«, rief er.

Er zeigte mit seiner Pfeife zur Hängebrücke hinüber. »Das ist euer erster Test«, verkündete er. »Zehn Punkte für den Sieger. Fünf Punkte für den Zweiten. Ist schon mal jemand über eine Hängebrücke gerannt?«

Keiner gab Handzeichen.

»Nun, dann werde ich euch das Geheimnis verraten, wie man gut rüberkommt«, sagte Josh. »Einfach nicht nach unten sehen!«

Er meinte das witzig. Aber nur wenige Kinder kicherten.

»Dies ist ein leichter Wettkampf«, fuhr er fort. »Ich werde jeden Lauf stoppen. Es überquert immer nur einer die Brücke. Anschließend werde ich die Einzelzeiten für die Teams addieren. Das Team mit der schnellsten Gesamtzeit ist Sieger.«

Er blickte sich unter den zwölf Kindern um. »Irgendwelche Fragen? Seid ihr alle bereit?«

Er zog eine silbrige Stoppuhr aus der Tasche. »Wir beginnen mit Team eins. Hier herüber. Ihr seid als Erste dran.«

Annes Gruppe war Team drei.

Da können wir den anderen beiden Teams zusehen, dachte Anne. So bleibt reichlich Zeit, *noch* nervöser zu werden!

Es folgten einige Minuten hektischer Aktivität.

Dann ein gellender Pfiff. Und schon zogen sich die Kinder, das Halteseil immer fest umklammert, eines nach dem anderen über die schwankende Brücke.

Manche liefen mühelos, den Blick stur geradeaus, und ließen sich weder von dem Gewackel der Brücke noch vom Knarren der geflochtenen Seile unter ihnen beeindrucken.

Andere gingen behutsamer zu Werke und machten einen Schritt nach dem anderen. Sie vergewisserten sich, dass sie sicheren Halt hatten, ehe sie den nächsten Schritt wagten.

Joshs Trillerpfeife gellte. Kinder jubelten. Anne zupfte an ihrem Ohrring und beobachtete, wie sich die anderen Teilnehmer anstrengten. Ob ich das schaffe?, fragte sie sich. Sie dachte an Pam. *Klar schaff ich das!*

»WOOAAHH!«

Die Kinder keuchten erschrocken, als Ernie, ein großer, stämmiger Kerl aus Team zwei, ausglitt. Er blieb mit einem Schuh an einem Seil hängen und fiel der Länge nach auf den schwankenden Brückenboden. Mit einem Stöhnen packte Ernie das Halteseil und zog sich rasch wieder hoch.

»Beeil dich, Ernie! Los! Los! Los!« Seine drei Mitstreiter peitschten ihn nach vorne. Er stolperte auf das Ende der Brücke zu. Da ertönte auch schon der Pfiff. Sein Team jubelte und gratulierte ihm.

Jetzt sind wir dran, dachte Anne. Sie atmete tief durch. »Vermassel es nicht«, murmelte sie in sich hinein.

»Anthony, du gehst als Erster«, befahl Marlin. »Dann Kirsten, dann ich, dann Anne. Viel Glück, Leute. Wir können es schaffen!«

Auf das Signal hin spurtete Anthony los. In geduckter Haltung hangelte er sich geschickt mit gleichmäßigen Schritten vorwärts.

Er schaffte es problemlos zur anderen Seite. Dann rannte Kirsten auf die schwankende Brücke. Zuerst strauchelte sie, aber dann zog sie die Knie an und sprang mit Leichtigkeit von Seil zu Seil.

Anne bekam heftiges Herzklopfen, als sie Marlin bei seinem Lauf zusah. Wir liegen klasse im Rennen, dachte sie. Wir können gewinnen – wenn ich es nicht vermassel.

Marlin flog förmlich über die Brücke. Anne nahm ihre Startposition ein und fasste mit der rechten Hand das Seil. Sie merkte, dass sie die Zähne so fest zusammenbiss, dass ihr Kiefer schmerzte. Sie holte tief Luft und zwang sich zu entspannen.

Da kam der Pfiff. Anne lief los, auf die wackelige Brücke. »Los! Los! Los!« Sie konnte die Anfeuerungsrufe ihrer Teamkameraden hören.

Ihre Beine zitterten, aber sie fand einen Rhythmus. Jetzt hob sie den Blick und sah, wie die anderen sie unter großem Geschrei herüberwinkten.

Sie hatte die Hälfte der Strecke geschafft, als sie hinfiel.

Ihr Fuß verhedderte sich in einem Seil – und sie spürte, wie ihr Körper nach vorn gerissen wurde.

Das Seil glitt ihr aus der Hand. Sie stolperte zur Seite, griff hektisch nach dem Seil, verfehlte es.

Ich falle!, dachte sie in jener kurzen Schrecksekunde.

Ich kippe seitlich runter!

16

Anne landete schmerzhaft auf dem Bauch. Die Seile hüpften unter ihr.

Vom anderen Ende der Brücke hörte sie die Rufe und Schreie wie durch Watte. Und sie begriff, dass sie nicht über das Geländer gefallen war.

»Steh auf! Steh auf!«, rief ihr Team verzweifelt.

Anne schüttelte ihre Benommenheit ab und rappelte sich hoch. Das Ende der Brücke schien noch weit entfernt. Auf zittrigen Beinen lief sie weiter.

Los! Los! Los!, putschte sie sich vorwärts. Ich schaff das! Ich kann das!

Und jetzt hatte sie das Gefühl, als würde sie fliegen, fliegen über die schwankenden Seile.

Joshs Pfiff ertönte, als sie zur anderen Seite hechtete. »Jaaa!« Sie fiel auf die Knie, dankbar, wieder festen Boden unter den Füßen zu haben.

»Team eins ist unser Gewinner – mit sechs Sekunden Vorsprung!«, verkündete Josh. »Auf dem zweiten Platz folgt das Team zwei.«

Traurig sah Anne zu, wie die Kinder der siegreichen Mannschaften feierten, jubelnd in die Höhe sprangen und sich gegenseitig gratulierten.

Gerade als sie sich hochrappelte, bauten sich Marlin und Anthony vor ihr auf.

»Was war denn mit *dir* los?«, fragte Anthony verärgert. »Wusstest du, dass es sich um ein *Rennen* handelte?«

»Lass sie in Frieden«, sagte Marlin und schubste Anthony weg. »Sie ist ausgerutscht, das ist alles.«

»Ja, und was hast du da unten in den Seilen getrieben? Ein Nickerchen gemacht?«, hakte Anthony nach.

»Jetzt wirst du aber ungerecht«, sagte Kirsten in scharfem Ton und funkelte Anthony zornig an. »Jeder von uns kann es mal vermasseln.«

»Aber wir müssen ein *Team* sein«, ergänzte Marlin. »Wir müssen zusammenhalten. Das nächste Mal schlagen wir sie.«

Anthony ballte die Fäuste. Sein sonst bleiches Gesicht lief krebsrot an. »Wir müssen gewinnen!«, zischte er. »Meine Familie braucht dieses Geld wirklich dringend!«

»Jetzt schalte mal einen Gang runter«, riet ihm Kirsten. »Wir werden gewinnen. Ich weiß es.«

»Bring dich bloß in Form«, fauchte Anthony Anne an. »Eigentlich solltest du nicht mal hier sein!«

Anne taumelte zurück, als hätte ihr jemand eine Ohrfeige verpasst. Anthonys Bemerkung hatte gesessen.

Ob jeder so dachte wie er? Glaubten alle, dass sie nicht hierher gehörte?

»Hör nicht auf ihn«, sagte Kirsten und legte Anne den Arm um die Schulter. »Er ist ein bisschen jähzornig. Vermutlich kann er gar nichts dafür. Er ist halt ein Hitzkopf.«

Irgendwie brachte Kirstens Bemerkung Anne zum Lachen. Die beiden gingen hinter den anderen zurück zum Feriendorf.

Sie folgten dem Trampelpfad durch den dichten Inselwald. In den Zweigen zwitscherten Vögel. Über ihnen schabten und scheuerten breite Palmwedel gegeneinander. Winzige braune Eidechsen huschten über den Weg.

»Morgen beim Felsklettern wirst du sie wahrscheinlich alle schlagen«, sagte Kirsten.

Der Kletterwettbewerb.

Anne hatte vergessen, dass dies der nächste Programmpunkt war. Der Wettbewerb würde bei den seltsamen blauen Felsen am Ufer ausgetragen werden. Jene blau schimmernden Hügel, die Anne vom Boot aus gesehen hatte.

Ich will bei diesem Wettkampf gut abschneiden, sagte sie sich. Ich *muss* gut sein.

Auf dem Weg zurück ins Dorf entging ihr nicht, dass Anthony sie beobachtete.

Wie kann ich Anthony beweisen, dass ich auch ein Gewinner bin?, überlegte sie. Wie kann ich allen zeigen, dass ich in dieses Team gehöre?

Anne starrte zu den blauen Felsen hinüber, die wie Eis schimmerten. Sie schienen sie zu rufen, einzuladen, zu sich herüberzulocken.

Ja, dachte sie. Ja. Jetzt weiß ich, was ich tun werde.

GRUSELFIEBER

17

Nach dem Mittagessen gingen die anderen Kinder fast alle zum Baden an den Strand. Anne lief unterdessen die geschwungene Küstenlinie entlang zu den Felsen hinüber.

Ich werde etwas üben, nahm sie sich vor. Ich klettere heute in den Felsen und bekomme ein gutes Gefühl für sie.

Morgen bin ich nicht diejenige, die es vergeigt.

Die Nachmittagssonne knallte senkrecht von oben herab. Anne trug eine Baseballkappe auf dem Kopf. Trotzdem spürte sie, wie ihr Nacken brannte. Sie seufzte und erinnerte sich, dass sie doch Sonnenmilch hatte mitnehmen wollen.

Sie trug ein hellblaues, ärmelloses T-Shirt und weiße Tennisshorts. Na ja, dachte sie. Dann bekomme ich eben heute einen kleinen Sonnenbrand.

Die Felsen ragten vor ihr wie kleine Berge auf. Sie glühten in der gleißenden Sonne. Am Fuß der Steilwände leckten die Wellen gegen die Felsen und rollten dann wieder zurück.

Die nassen Felsen werden wohl rutschig sein, dachte Anne. Sie trat vom sandigen Ufer auf einen Streifen Kieselsteine. Noch ein paar Schritte, dann stand sie im Schatten der jäh aufragenden Felsen.

In der Felswand konnte sie dunkle Höhlen erkennen. Die zerklüfteten Öffnungen sahen aus wie Höhleneingänge in Comics.

Was ist das nur für ein Gestein?, wunderte sie sich. Blaue Felsen hab ich noch nie zuvor gesehen.

Da erhaschte sie plötzlich aus den Augenwinkeln etwas Buntes.

Irgendetwas huschte vorbei – in eine der Höhlen?

Anne starrte angestrengt und schirmte ihre Augen mit den Händen gegen das grelle Sonnenlicht ab. War das ein Vogel? Oder diente die Höhle vielleicht irgendeinem Meerestier als Unterschlupf?

Was immer es war, jetzt war es verschwunden.

Anne atmete tief durch, beugte sich nach vorn und begann, die Felsen zu erklimmen. Zu ihrem Erstaunen fühlte sie einen kalten Lufthauch.

Ihre Turnschuhe glitten von der rutschigen Oberfläche ab. Sie griff nach der Felsplatte auf Höhe ihrer Schultern, um sich hochzuziehen.

»Huch!«, rief Anne verwundert.

Der Fels – er war *kalt*.

Mit den Fingern strich Anne über den Stein ringsum. Ja. Er war kalt. Und die Luft, die sie umgab, war richtig frisch.

Aber wie war das möglich? Die Sonne brannte doch so heiß vom Himmel. Annes Schultern waren bereits leicht gerötet.

Diese Felsen wurden doch tagtäglich unter der heißen Sonne gebacken. Wie konnten sie da so kalt bleiben?

Anne zog sich auf einen Sims hoch. Die großen, flachen Steine neigten sich sanft empor. Hier war das Laufen ein Kinderspiel.

Das Sonnenlicht strahlte von den Felsen zurück. Trotzdem konnte Anne bei ihrem Aufstieg die Kälte fühlen, die von ihnen ausging.

Kurz vor dem Gipfel drehte sie sich um und schaute zurück. Sie war höher geklettert, als sie angenommen hatte.

Tief unten brandeten blau-grün schimmernde Wellen sachte gegen die Felsen am Ufer. Weit links drüben konnte sie Kinder im Wasser schwimmen sehen.

Es ist so schön hier, dachte Anne.

Gerade als sie sich wieder umdrehte, sah sie erneut etwas Buntes in einem der Höhleneingänge verschwinden.

Und dann erregte noch etwas ihre Aufmerksamkeit. Etwas, das auf den Felsen direkt vor der Höhle aufgetürmt war.

Sie kletterte über die schräge, rutschige Fläche und kniete sich neben den Haufen weißer Gegenstände.

Knochen?

Ja. Fischgräten und Vogelknochen waren zu einem großen Haufen aufgeschichtet, welcher eine kreisrunde Form bildete.

Anne betrachtete den Haufen und blickte dann zu den

Höhleneingängen, die ringsum in die Felsen geschnitten waren.

Wie kommen diese Knochen hier rauf?, rätselte sie.

Ob vielleicht ein Tier seine Beute hierher gebracht hatte, um sie in Ruhe zu fressen? Oder ist dies der geheime Futterplatz von irgendeinem Wesen, das auf der Insel haust?

Sie starrte auf die Knochen. Alle sauber abgenagt.

Ein Tier würde Knochen doch nicht so perfekt stapeln – oder?, überlegte Anne.

Ihr nächster Gedanke jagte ihr einen Schauder über den Rücken. Sie drehte sich um und blickte zu den Höhlen.

Lebt vielleicht noch jemand auf dieser Insel?

GRUSELFIEBER 18

»Aber die Knochen waren in einem perfekt runden Kreis angeordnet«, erklärte Anne.

Marlin zuckte die breiten Schultern. »Na und? Was beweist das schon?«

»Ein Tier könnte so etwas nicht tun«, beharrte Anne. »Es beweist, dass wir nicht allein auf dieser Insel sind. Hier ist noch jemand.«

Ihre drei Mitstreiter schüttelten den Kopf.

Sie hockten im Sand, unweit vom Ufer. Die Sonne versank gerade als roter Feuerball langsam im Meer und zeichnete auf das Wasser einen spektakulären Lichteffekt.

Möwen glitten träge durch das Grau des Himmels. Zwei

mächtige Silberreiher stolzierten am Strand auf und ab; sie nahmen keinerlei Notiz von den vier Kindern und ihrem Streit.

»Ich verstehe nicht, warum ihr mir nicht glaubt«, empörte sich Anne. »Ich meine –«

»Marks hat uns erzählt, dass noch nie ein Mensch auf dieser Insel gelebt hat«, unterbrach Anthony sie. »Warum willst du ihn also zum Lügner abstempeln?«

»Tu ich gar nicht. Ich sage nicht, dass er lügt. Aber vielleicht weiß er nicht alles über diese Insel.«

»Wie könnte irgendjemand hier leben?«, stieß Kirsten ins selbe Horn. »Das ist ausgeschlossen. Hier gibt es absolut nichts. Ich finde, du solltest diese Knochen vergessen, Anne.«

»Aber –«, wollte Anne protestieren.

»Was, wenn Marks diese Knochen dahin gelegt hat?«, fragte Marlin.

»Ja, genau!«, pflichtete Anthony ihm rasch bei. »Was, wenn das Teil einer Prüfung ist? Eins von den Spielen des Lebens, versteht ihr?«

»Was, wenn die Knochen zur Treueprüfung gehören?«, fuhr Marlin fort. »Und du verdirbst uns die Sache, indem du Marks als Lügner bezeichnest.«

»Du bist drauf und dran, es schon *wieder* für uns zu vermasseln!«, zischte Anthony und funkelte Anne giftig an.

Anne fühlte, wie sie die Beherrschung verlor. »Was hast du für ein *Problem*, Anthony?«, fragte sie. »Seit wir hier angekommen sind, hast du mich auf dem Kieker.«

Seine Wangen wurden knallrot. »Tut mir Leid«, murmelte er. »Ehrlich. Ich bin wohl gerade etwas genervt oder so.« Er streckte ihr die Hand entgegen. »Friede?«

Anne schüttelte seine Hand. Sie lächelte ihn an. »Freunde?«

»Klar doch«, sagte er.

Alle hier sind total angespannt, dachte Anne. Jeder von uns. Wir sollten eigentlich lachen und herumalbern. Es sollte eine Dauerparty auf dieser herrlichen Insel sein.

Doch jeder ist völlig gestresst von den Spielen des Lebens. Niemand kann sich entspannen.

Vielleicht kann ich da was ändern, dachte sie. Vielleicht kann ich etwas tun, um alle aufzuheitern, damit hier auch mal gelacht wird …

GRUSELFIEBER

19

Am nächsten Morgen war der Himmel mit dicken Wolken bedeckt. Ein kühler Wind wehte vom Meer her über das Dorf. Die Boote schaukelten unruhig auf den tanzenden Wellen. Die Bäume ächzten und knarrten im Wind.

Anne eilte an den Hütten vorbei, um ihre drei Teamkameraden einzuholen. Sie waren gerade auf dem Weg zum Frühstück, das im Speiseraum serviert wurde.

»He, wartet auf mich!«, rief Anne. »Ich zeig euch einen coolen Zaubertrick.«

Die vier blieben in der Tür zum Speiseraum stehen. An den beiden langen Holztischen saßen bereits mehrere Kinder. Anne entdeckte Dolores in der Mitte des Raums. Sie steuerte soeben auf das Büfett an der Wand zu.

Anne grinste ihre Mitstreiter an. »Aufgepasst. Seht mal, wie ich Dolores manipulieren kann.«

Sie hob die rechte Hand, zeigte mit dem Finger auf Dolores und murmelte einige Worte in sich hinein.

Mitten im Raum blieb Dolores plötzlich stehen. Sie riss die Augen weit auf, ihr Mund klappte herunter und sie gab ein lautes *Gaaack* von sich.

Anne winkte zu Dolores hinüber, die daraufhin durch den Raum schritt und wie ein Huhn gackerte.

Manche schrien überrascht auf. Und bald lachte jeder.

Perfekt, dachte Anne. Alle haben Spaß an meiner kleinen Zaubershow. »Jetzt gebt Acht!«, rief sie.

Anne deutete auf Dolores und murmelte ein paar unsinnige Worte.

Auf der anderen Seite des Raums wurde Dolores' Körper starr. Und dann begann sie, sich zu drehen. Erst langsam, mit herabhängenden Armen.

Dann, als sie schneller wurde, wirbelte ihr langes blondes Haar durch die Luft. Ihre Arme flogen immer höher, als versuchte sie, das Gleichgewicht zu halten. »Hilfe!«, jammerte Dolores entsetzt. »Wieso hilft mir denn keiner?«

Das Gelächter verstummte. Es wurde ganz still im Raum. Alle Augen blickten auf das große, rotierende Mädchen.

Immer schneller drehte sich Dolores, bis ihr Haar um sie peitschte. Und nun schrie sie auch ohne Pause.

Genau wie wir's geprobt haben, dachte Anne.

Sie hielt den Finger weiter auf Dolores gerichtet, kniff die Augen zusammen und tat so, als würde sie ihre Kräfte auf das Mädchen konzentrieren.

Dolores kann toll kreischen, dachte Anne. Sie klingt wirklich verängstigt!

Als ich sie gestern Abend bat, mir bei diesem kleinen Scherz zu assistieren, da wollte sie erst nicht. Sie meinte, sie würde es nicht gut hinkriegen. Aber sie macht das super!

Anne ließ ihren Blick durch den Speiseraum schweifen. Die Kinder waren mucksmäuschenstill und hatten vor Schreck die Augen weit aufgerissen. Neben ihr schlang Kirsten die Arme fest um ihren Körper, die dunklen Augen gebannt auf das wirbelnde Mädchen gerichtet. Marlin und Anthony starrten abwechselnd von Dolores zu Anne.

Sie kaufen mir den Streich ab, dachte Anne hämisch. Sie glauben tatsächlich, dass ich das hier bewirke.

Wir werden alle herzhaft darüber lachen, wenn ich ihnen die Wahrheit erzähle.

Anne wandte sich wieder Dolores zu. Dem armen Mädchen muss ja schon schwindlig sein, dachte sie. Zeit, ihr das Zeichen zu geben, mit der Vorstellung aufzuhören.

Mit beiden Händen winkte Anne zu Dolores hinüber und rief irgendwelche merkwürdig klingenden Worte.

Sah Dolores das Signal nicht? Anne versuchte es ein zweites Mal.

Warum hörte sie denn nicht auf?

Zu Annes Verblüffung drehte sich Dolores noch schneller – *und hob vom Boden ab*!

Der Raum hallte wider von Schreien, als Dolores unter wildem Rudern ihrer Arme wie ein Kreisel in die Höhe schwirrte, wo sie mitten in der Luft rotierte, einen Meter über dem Boden.

Anne sah, wie sich Dolores' Gesicht vor Angst – *richtiger*, nicht gespielter Angst – verzerrte.

»Hilfe! Oh Gott, helft mir doch!«, kreischte sie. »Anne – hör auf! Anne – bitte!«

20

Josh und Rick stürzten in die Mitte des Raums. Sie sprangen hoch, streckten sich, versuchten verzweifelt, Dolores zu packen und wieder nach unten zu ziehen.

Aber das wirbelnde Mädchen stieg noch höher, knapp außerhalb ihrer Reichweite.

Anne drückte die Hände gegen die Wangen und musste hilflos mit ansehen, wie Dolores zur Decke emporsauste. Mit einem lauten *Tock* stieß ihr Kopf gegen einen hölzernen Dachbalken.

Dolores stöhnte leise. »Ooohh. Bitte ... sie soll ... damit aufhören!«

Anne keuchte erschrocken, als sie merkte, dass alle Augen nun auf sie gerichtet waren. Ihre drei Teamkameraden waren von ihr abgerückt. Kirsten, die noch immer die Arme um sich geschlungen hatte, sah Anne ungläubig an.

»Ich – ich bin das nicht!«, presste Anne hervor.

Wieder wurde geschrien, als die Frühstücksteller und Gläser von den Tischen hochschwebten. Eier und Toast, Schüsseln mit Cornflakes und Gläser voll Orangensaft – alles segelte von den Tischen, quer durch den Raum.

Die Beleuchtung flackerte. Kinder duckten sich unter die Tische, als Teller und Gläser auf sie zugeflogen kamen.

Dolores kreischte, als sie sich den Kopf erneut am Dachbalken anstieß. Anne sah, wie sie gegen die Wand prallte und danach zu Boden glitt. Dort blieb sie liegen, ein Häuflein Elend, und rührte sich nicht mehr.

Die Teller und Gläser, die Speisen und Getränke – alles

landete klirrend auf der Erde. Jetzt bewegte sich nichts mehr. Eine unheimliche Stille legte sich über den Raum.

Die Kinder krabbelten unter den Tischen hervor. Josh und Rick eilten hinüber zu Dolores und knieten sich neben sie. Sie machte noch immer keinen Muckser.

Anne fühlte, wie alle Augen auf sie gerichtet waren. Sie wandte sich von den vorwurfsvollen Blicken ihres Teams ab.

Und da sah sie Donald Marks, der von der Tür zu ihr herübersah. Er rieb sich nachdenklich über das stoppelbärtige Kinn und starrte sie an, so eindringlich …

»Ich hab das nicht getan«, flüsterte Anne. »Sie müssen mir glauben. Das war alles ein Scherz.«

Kirsten sah sie weiter kalt an. Marlin und Anthony lehnten hinten an der Wand und guckten verängstigt, als befürchteten sie, dass Anne sie als nächstes Opfer wählen würde.

»Ich kann das nicht getan haben!«, rief Anne. »Ich besitze keine Kräfte.«

Sie rannte quer durch den Raum zu Dolores, die sich zu regen begann. »Sag's ihnen!«, rief Anne und beugte sich zu ihr herab. »Dolores – sag ihnen, dass alles nur ein Scherz war. Wir haben uns das letzte Nacht ausgedacht. *Sag* es ihnen!«

Dolores blickte aus leeren Augen zu ihr hoch. »Geh weg«, flüsterte sie. »Bitte, Anne – tu mir nicht mehr weh.«

GRUSELFIEBER

21

Anne konnte Marks' Blicke auf sich spüren, während sie mit den anderen Kindern am Ufer entlang zum Wettbewerb im Felsklettern ging.

Josh führte die Gruppe an. Er hatte die Leitung bei dieser Aufgabe. Doch Marks war als Beobachter mit dabei.

Dolores, die im Team eins war, fühlte sich inzwischen besser. Auf dem Fußmarsch zu den geschwungenen Hügeln aus blauem Stein hielt sie sich so weit wie möglich von Anne entfernt.

Die anderen stapften in Zweier- und Dreiergrüppchen über den Sand. Meistens blieben dabei die Mitglieder eines Teams zusammen. Aber Anne lief heute ganz allein.

Ihre Mitstreiter mochten sie nicht mal *ansehen*. Die drei gingen weit vorneweg und tuschelten die ganze Zeit.

Anne wusste, dass über sie geredet wurde.

Jeder hier glaubt jetzt, dass ich so etwas wie eine Hexe bin, dachte sie verbittert. Ich bin eine Ausgestoßene. Eine Verbannte. Die meisten haben *Angst* vor mir.

Was kann ich tun? Was kann ich tun, um ihnen zu beweisen, dass ich ein ganz normales Mädchen bin? Und unschuldig daran, dass Dolores und die Sachen im Speiseraum außer Kontrolle gerieten?

Was ist eigentlich *wirklich* mit Dolores passiert?

Diese Frage stellte sich Anne ein ums andere Mal. Welche sonderbare Kraft hatte bewirkt, dass Dolores in die Luft hochwirbelte? Und warum hatten das Essen und alles im Speiseraum verrückt gespielt?

Ein Angstschauder lief Anne über den Rücken.

Zu viele rätselhafte Dinge geschehen hier, dachte sie. Martine und ihre geplatzten Trommelfelle … die eiskalten Felsen … der Haufen aus Vogel- und Fischknochen unweit der Höhlen … Dolores, die vom Boden abhob …

Wenn sie nur mit ihrem Team darüber reden könnte. Aber die hatten jetzt echt Muffe vor ihr.

Überrascht bemerkte Anne, die ihren traurigen Gedanken nachhing, dass Josh sich hatte zurückfallen lassen und nun neben ihr lief. Er strich sich ein Blatt aus seinem dunklen Wuschelkopf und sah sie aus seinen dunkelgrünen Augen an.

»Na, wie geht's denn so, Anne?«

Sie seufzte. »Nicht besonders.«

»Rechts halten, Leute«, rief er den anderen weiter vorne zu. »Wir wollen in der Nähe dieser Höhlen da oben klettern gehen.«

Er wandte sich wieder Anne zu. »Das war schon ziemlich verrückt, was da drüben im Speiseraum passiert ist.«

»Jeder glaubt, dass ich das getan habe«, gab Anne stirnrunzelnd zurück. »Du doch auch – oder nicht?«

Josh zuckte mit den Schultern. »Ich weiß nicht, was ich denken soll. Ich glaube eigentlich nicht, dass Menschen solche Fähigkeiten besitzen.«

»Ich auch nicht«, sagte Anne. »Und ich *habe* keine Zauberkräfte. Es sollte ein Scherz sein. Dolores und ich haben das gestern Abend geprobt. Es war nur ein Gag. Aber …«

Sie liefen schweigend weiter. Vor ihnen leuchteten die blauen Felsen. »Diese Insel hat etwas Unheimliches an sich«, meinte Anne.

Josh kickte einen Stein vom Pfad. »Da könntest du Recht haben«, murmelte er.

Anne fasste Josh am Arm und zwang ihn zum Anhalten. »Wie meinst du das? Heißt das, du glaubst mir?«

Wieder zuckte er die Achseln. »Vielleicht.« Er senkte seine Stimme zu einem Flüstern. »Ich bin schon seit einem Monat auf dieser Insel, noch bevor irgendwelche Kinder hier eintrafen. Ich habe zusammen mit Rick und ein paar anderen Leuten beim Bau der Hütten geholfen. Und –« Er brach ab.

Anne sah, dass Marks sie beobachtete.

»Was und?«, fragte sie.

»Ich hatte das Gefühl, dass hier irgendwas Seltsames war«, flüsterte Josh. »Eines Abends machten die Jungs und ich eine Strandparty. Und … ich könnte schwören, dass ich eine Stimme gehört habe. Eine Frau. Sie summte ein Lied.«

Anne schluckte. »Im Ernst?«

Josh nickte. »Ich weiß, ich weiß. Die Insel ist unbewohnt. Wir sind die einzigen Menschen hier. Aber ich schwöre, ich habe jemanden summen gehört. Wahrscheinlich war es bloß irgendein Geräusch, das von den Höhlen widerhallte. Aber es war total gespenstisch.«

»Ich hab einen Berg Knochen entdeckt!«, sprudelte es aufgeregt aus Anne heraus. »Gestern. Nahe bei den Höhlen. Fischgräten und Vogelknochen. Kreisförmig aufgeschichtet, wie es kein Tier könnte. Aber niemand wollte mir glauben.«

»Äh … ich darf wirklich nicht mit euch Kindern über solche Dinge sprechen«, sagte Josh. »Ich gehöre zum Personal – klar? Ich komme sonst in große Schwierigkeiten.«

»Vielleicht könnten wir ja mal auf Erkundungstour gehen«, schlug Anne vor. »Und die Höhlen inspizieren. Mal sehen, ob wir irgendwas finden.«

Josh kratzte sich am Kopf. »Mal sehen. Morgen vielleicht.

Wenn ich mich für ein paar Minuten davonstehlen kann. Ich habe diese summende Stimme nicht mehr aus dem Kopf gekriegt.«

Er reckte ihr aufmunternd den ausgestreckten Daumen entgegen und joggte zur Spitze der Gruppe. »Okay, Leute – wir werden hier mit dem Aufstieg beginnen«, verkündete er. »Das Ziel ist dieser zackige Felsen dort oben.« Er zeigte hinauf.

Anne blickte das blaue Gestein hoch. Das ist steiler als dort, wo ich gestern geklettert bin, dachte sie.

Josh blies in seine Trillerpfeife. Dann wies er die Teams an, sich zu einer letzten Besprechung zu sammeln.

Kirsten, Anthony und Marlin standen am Fuß der Felsen und starrten Anne entgegen, als sie näher kam.

»Wir wollen dich eigentlich nicht in unserem Team«, sagte Anthony, und sein Gesicht lief rot an. »Aber wir haben keine Wahl.«

»Hört mal zu, Leute, in unserem ersten großen Wettbewerb geht es um Treue – wisst ihr das noch?«, ermahnte sie Kirsten. »Deshalb müssen wir vergessen, wie wir über Anne denken. Wir müssen Teamgeist zeigen – sonst fliegen wir schon in der ersten Runde raus.«

»Gebt mir eine Chance«, bat Anne. »Ich weiß, was ihr denkt. Aber das stimmt nicht. Gebt mir eine Chance, zu zeigen, was in mir steckt. Ihr werdet es nicht bereuen, ich verspreche es euch.«

Niemand erwiderte etwas.

»Wir haben tatsächlich keine andere Wahl«, brummte Marlin schließlich.

Anthony sah Anne unglücklich an. »Jetzt lasst uns einfach diese Kletterprüfung hier gewinnen, okay?«

Er drehte sich um und stapfte in Richtung Startlinie. Die anderen folgten ihm.

Heute muss ich eine echt gute Leistung bringen, dachte Anne, als der Kletterwettbewerb begann. Sie beobachtete, wie die vier Kinder aus Team eins über die rutschigen blauen Felsen turnten.

Wenn ich meinem Team helfe, diesen Wettbewerb zu gewinnen, denken sie bestimmt etwas netter über mich.

Doch einige Minuten später rutschte Anne auf halber Strecke aus. Ihr Schuh blieb in einer Spalte zwischen zwei scharfkantigen Steinen hängen.

Der Schmerz jagte ihr auf ganzer Länge durch das Bein.

Sie schrie auf. Aber schnell riss sie sich zusammen, ignorierte die Schmerzen und kämpfte sich weiter zum Gipfel der Felsen hinauf.

Ihre Mannschaft wurde Zweiter und gewann ihre ersten fünf Punkte.

Aber Anne entging nicht, wie enttäuscht ihre Mitstreiter waren.

Allein trottete sie zum Lager zurück. Die anderen eilten vorneweg; sie freuten sich schon auf den Strand. Niemand blickte sich nach ihr um.

Beim Gehen hatte Anne das unheimliche Gefühl, dass sie beobachtet wurde. Sie drehte sich zu den Höhlen um. Und sah etwas in einen der schwarzen Höhleneingänge huschen.

War dort jemand?

Versteckte sich jemand in dieser Höhle und beobachtete sie?

GRUSELFIEBER

22

An jenem Abend trommelte Marks alle Leute im Gemeinschaftsraum zusammen. Seine Miene war düster. Er begrüßte die Anwesenden nicht mit Witzen und einem Lächeln, wie er es gewöhnlich tat.

Stattdessen schritt er gewichtig durch den Raum nach vorne. Er hob die Hände, damit es still wurde. Dann verkündete er: »Ich fürchte, ich habe schlechte Neuigkeiten. Unsere Ehrengäste – die von uns eingeladenen Prominenten – werden uns nicht besuchen können.«

Protestrufe und Stöhnen erhoben sich im Raum.

Das glaub ich nicht, dachte Anne. In der Einladung zur Ferienakademie war ihnen *zugesichert* worden, dass diese Personen kämen.

»Sicherlich sind wir alle sehr enttäuscht«, fuhr Marks fort. »Aber es gab ein Problem mit dem Schiff. Und mehrere unserer Gäste hatten Terminschwierigkeiten.«

Hatten die Prominenten wirklich herkommen wollen?, wunderte sich Anne. Oder war alles nur gelogen?

Sie sah, wie Marks sich mit einem weißen Taschentuch den Schweiß von seinem kahlen Schädel wischte. Rings um sie schüttelten die anderen Kinder bedrückt die Köpfe und sprachen leise miteinander.

»Aber wie überall im Leben hat jedes Ding auch sein Gutes«, sagte Marks. »Jetzt können wir unsere gesamte Zeit mit den Spielen des Lebens verbringen.« Er grinste sie an. »Und glaubt mir, die Organisatoren und ich haben eine Menge Überraschungen für euch parat.«

»Morgen gibt's einen großen Wettbewerb!«, rief Rick.

»Ja. Morgen findet die Nachtwanderung statt«, ergänzte Josh.

»Für den Fall, dass es nicht erklärt wurde«, sagte Marks, »die drei Mannschaften werden jeweils auf sich allein gestellt sein. Euer Team muss die ganze Nacht draußen bleiben.«

»Jaaa! Wir machen die Nacht durch!«, rief ein Junge namens Jared. »Paaar-ty!«

Marks lachte und fuhr dann fort: »Ihr müsst so viel von der Insel erkunden wie möglich. Ihr lauft den ganzen Weg zu dem kleinen Anlegesteg auf der anderen Seite. Rick und Abby werden euch dort erwarten. Dann kommt der schwierige Part – ihr müsst nämlich wieder zurückfinden. Und denkt dran: Ihr dürft nicht vor Tagesanbruch zum Dorf zurückkehren.«

»Wonach werden wir beurteilt?«, fragte Dolores aus der hinteren Reihe.

»Das Team, das nach Sonnenaufgang als Erstes zurückkommt, gewinnt«, erläuterte Marks. »Aber merkt euch, diese Wettbewerbe sind Teil der großen Aufgabe – der Treueprüfung.«

Anne blickte sich nach ihren Teamkameraden um. Wie sollen wir je eine Treueprüfung gewinnen? Sie *hassen* mich doch alle!

Nach einigen weiteren Ankündigungen riet Marks allen, eine ordentliche Mütze Schlaf zu nehmen. »Ihr werdet es brauchen!«

Die Kinder erhoben sich von den Bänken und verließen den Gemeinschaftsraum. Als Anne in die warme Nacht hinaustrat, holte Josh sie mit raschen Schritten ein.

»Willst du immer noch auf Erkundungstour gehen?«,

fragte er flüsternd. »Ich seh dich dann morgen beim Bootssteg, gleich nach dem Frühstück.«

»Spitze!«, flüsterte Anne zurück.

»Ich glaube, du hast Recht, Anne. Da draußen *ist* irgendwas –« Er brach ab, als er sah, dass Marks sie beobachtete. »Ich hol dich dann morgen ab!«

Rasch lief Anne zu ihrer Hütte. Ihr war klar, dass sie besser schlafen sollte. Aber sie fühlte sich unruhig und angespannt. Immer wieder dachte sie daran, wie Dolores außer Kontrolle zur Decke hochgewirbelt war. Und immer wieder sah sie die vorwurfsvollen Blicke ihrer verängstigten Mitstreiter.

Es vergingen Stunden, ehe sie endlich einschlief.

Der nächste Morgen war ein drückend heißer, schwüler Tag. Anne erwachte mit völlig durchgeschwitztem Nachthemd. Auch das Haar klebte ihr feucht im Nacken.

Heute gibt's eine Affenhitze, dachte sie.

Sie gähnte und streckte sich. Kirsten und die zwei anderen Mädchen hatten die Hütte bereits verlassen.

»Ach, könnte ich doch nur den ganzen Tag im Bett bleiben«, murmelte sie. Doch dann fielen ihr Josh und ihre heimlichen Pläne ein.

Hastig kramte sie ein weißes Tanktop und Khakishorts aus ihrer Reisetasche und zog sich an. Dann kämmte sie ihr Haar und setzte eine Baseballkappe auf.

Beim Frühstück hielt Anne Ausschau nach Josh, konnte ihn aber nirgends finden. Sie hatte gar keinen großen Appetit, so aufgeregt war sie. Trotzdem schlang sie eine Schüssel Cornflakes und etwas Orangensaft hinunter.

Wo war Josh?

»Anne? He, Anne?«, rief Marlin ihr vom Nachbartisch zu. »Wir treffen uns gleich, um über die Nachtwanderung zu sprechen.«

»Ich, äh – tut mir Leid«, erwiderte Anne. »Ich … hab noch was zu erledigen.« Sie sprang auf und rannte aus dem Speiseraum.

Kaum draußen, stieß sie mit Dolores zusammen. Dolores wich erschrocken zurück, blankes Entsetzen stand in ihren Augen. »Bleib mir vom Leib«, zischte sie, drehte sich um und lief hinüber zu den Hütten, die Arme fest vor der Brust verschränkt.

»Dolores, ich versuche ständig, mich zu entschuldigen«, rief Anne und eilte ihr nach. »Aber du weichst mir immer aus. Ich schwör's, ich habe das nicht getan. Ich weiß nicht, was passiert ist – aber es war nicht meine Schuld.«

Wütend fuhr Dolores herum. »Du hättest mich fast umgebracht!«, schrie sie. »Du hast mich überredet, bei diesem dämlichen Witz mitzuspielen. Und dann hast du mir fast das Genick gebrochen.«

»Nein!«, sagte Anne und fasste Dolores am Arm. »Wofür hältst du mich denn? Für irgendeinen Zauberer oder eine Hexe? Ich kann keine Leute in die Luft fliegen lassen!«

»Warum, bitte schön, hab ich dann vom Boden abgehoben? Und warum ist das ganze Essen in alle Richtungen davongeflogen?«, hakte Dolores nach.

»Ich weiß es nicht. Ehrlich!«, erwiderte Anne. »Aber ich will es herausfinden. Jetzt gleich.«

Sie drehte sich zu dem kleinen Bootssteg um und legte wegen der grellen Morgensonne eine Hand schützend über die Augen. Wo Josh nur blieb? Er hat doch gesagt, dass er mich hier abholen will.

»Bitte glaube mir«, sagte sie zu Dolores. »Bitte nimm meine Entschuldigung an. Ich –«

Aber da war Dolores schon in ihrer Hütte verschwunden.

Mit einem Seufzer joggte Anne in Richtung Bootssteg los. Kleine weiße Schäfchenwolken spiegelten sich im klaren Wasser. Eine Möwe schwebte dicht über den Wellen. Plötzlich stieß sie herab und tauchte kurz darauf mit ihrer Beute wieder auf, einem Fisch, der silbrig und schlank in ihrem Schnabel zappelte.

Ein Boot fehlt, bemerkte Anne. Nur noch eines war da und stieß gegen den hölzernen Steg.

Anne hielt nach Josh Ausschau. Sie drehte sich nach links und rechts und suchte den Strand ab. Keine Spur von ihm.

Mit dem Handrücken wischte sie sich den Schweiß von der Stirn. Die Sonne stand noch nicht hoch am Himmel. Dennoch war die Luft schon heiß und schwül.

Anne machte sich auf den Rückweg ins Dorf und kickte beim Gehen den Sand hoch. Sie lief gerade an der Gemeinschaftshütte entlang, als ein Schatten auf sie fiel. Donald Marks trat ihr in den Weg.

»Was gibt's, Anne?«, fragte er, ohne zu lächeln.

»Haben Sie Josh gesehen?«, kam sie ohne Umschweife zur Sache.

Marks kniff die Augen zusammen. »Hast du es noch nicht gehört? Ich dachte, Rick hätte es beim Frühstück mitgeteilt.«

»Was denn mitgeteilt?«, fragte Anne. »Ich bin heute Morgen etwas zu spät zum Frühstück gekommen.«

Marks nickte. »Oh. Nun … Josh ist letzte Nacht krank geworden.«

»Er ist *was?*«, rief Anne.

»Wir vermuten, es könnte sich um einen Blinddarmdurchbruch handeln«, sagte Marks, der sie unverwandt ansah. »Er hatte sehr starke Schmerzen. Wir mussten ihn schnellstens zur Hauptinsel rüberbringen.«

Die nächsten Worte sprach Marks gedehnt aus, als hätten sie eine besondere Bedeutung. Und seine Worte ließen Anne frösteln.

»Ich glaube nicht, dass Josh zurückkehren wird.«

GRUSELFIEBER

23

Es war nach Sonnenuntergang, aber die Luft war noch immer heiß und drückend. In den Bäumen zirpten Insekten. Eine schmale Mondsichel schwebte dicht über den sich wiegenden Palmen.

Nach dem Abendessen traf Anne ihre Teamkameraden vor dem Gemeinschaftshaus. Alle trugen prall gefüllte Rucksäcke. Kirsten setzte eine Wasserflasche an die Lippen.

Anthony leuchtete Anne mit seiner Taschenlampe ins Gesicht. »Bist du fertig?«

Anne nickte und kramte ihre Taschenlampe aus dem Rucksack. Dann blickte sie sich in dem verwaisten Lager um. Die beiden anderen Teams hatten sich unten am Meer versammelt.

»Ich muss euch was sagen«, flüsterte Anne. »Ich glaube, Josh ist etwas zugestoßen, und es hat vermutlich nichts mit seinem Blinddarm zu tun. Das war nur eine Geschichte, die Marks uns aufgetischt hat.«

Anthony verdrehte die Augen. »Jetzt fängt sie schon wieder damit an«, murrte er.

»Anne, wovon redest du?«, fragte Kirsten in scharfem Ton.

»Josh und ich hatten einen Plan«, sagte Anne und blickte sich um, ob Marks nicht vielleicht in der Nähe war und mithörte. »Wir wollten auf Erkundungstour gehen. Weil wir nämlich beide dachten, dass auf dieser Insel etwas nicht geheuer ist. Vielleicht lebt hier noch jemand.«

»Vielleicht *spukt* es auf dieser Insel«, höhnte Anthony und gab ein gruseliges Filmlachen zum Besten.

Marlin schüttelte den Kopf. »Hört auf mit diesem verrückten Gequatsche.«

»Ich erfinde das nicht«, beharrte Anne. »Marks hat Josh und mich beim Pläneschmieden belauscht. Und heute fehlt Josh. Einfach so.«

»Josh ist letzte Nacht krank geworden«, sagte Marlin. »Das haben sie uns beim Frühstück gesagt. Hör endlich auf, Unruhe zu stiften, Anne.«

Anne sah ein, dass sie ihr nicht glauben würden. »Sie halten mich für das einzig Seltsame auf dieser Insel«, murmelte sie vor sich hin.

Sie begannen ihren Fußmarsch, ließen das Lager hinter sich und folgten zunächst dem sandigen Pfad, der in den Wald führte. Unter den niedrigen Bäumen verschwand das fahle Mondlicht. Helligkeit spendeten allein die Lichtkegel ihrer Taschenlampen vor ihnen auf dem Waldboden.

»Dieser Pfad führt zu den Höhlen am Ufer«, sagte Marlin. Er und Anthony liefen nebeneinander und rempelten sich beim Gehen an. Kirsten folgte ihnen und ließ ihr Licht über die glatten Baumstämme wandern.

Anne lief ein paar Meter hinter Kirsten. Sie war angespannt, aufgeregt. Durch das monotone Gezirpe der Insekten hörte sie das leise Zwitschern von Vögeln in den Bäumen.

Wenn sie nur aufhören könnte, an Josh zu denken …

»Ich weiß nicht, ob der Pfad bis ganz auf die andere Seite der Insel führt«, sagte Marlin. »Wir müssen ihm folgen, dann sehen wir's ja.«

»Nun, am Ufer können wir nicht entlang. Da ist es zu steinig«, meinte Kirsten. »Ich denke, wir müssen durch den Wald, um Rick und Abby bei dem kleinen Bootssteg zu treffen.«

»Den Rückweg zu finden, wird der schwierige Teil der Übung«, fügte Anthony hinzu. »Wir sind dann nämlich genau am anderen Ende der Insel.«

»Kein Problem!«, entgegnete Marlin. Anne sah, wie er etwas aus seinem Rucksack zog. Eine lange silbrige Klinge schimmerte im Licht von Kirstens Taschenlampe.

»Eine Machete!«, rief Anthony.

»Das Ding sieht ja richtig unheimlich aus, Marlin. Was hast du denn *damit* vor?«, fragte Kirsten.

Marlin grinste und machte ausladende Hackbewegungen mit seinem großen Messer. »Ich bin ein Kung-Fu-Kämpfer!«, rief er.

»He – pass doch auf!« Erschrocken wich Kirsten zurück.

Marlin ließ die Machete sinken. »Mit ihrer Hilfe werden wir wieder zurückfinden«, sagte er. »Ich markiere einfach unsere Strecke.«

Er trat zu dem schlanken Stamm einer Palme, holte mit der Machete aus und ließ die Klinge kraftvoll in das weiche Holz sausen. *Tschack.*

Anne stellte sich neben ihre Teampartner und blinzelte ins Licht, um den Stamm zu untersuchen. Die Klinge der Machete hatte eine schmale, gut zwei Zentimeter tiefe Kerbe geschlagen.

Marlin führte die Gruppe tiefer in den Wald hinein. Alle paar Schritte blieb er stehen und schwang die Machete. *Tschack.* Eine neue Markierung prangte seitlich an einem Baum.

»Anhand der Kerben finden wir wieder nach Hause«, sagte Marlin. »Wir sind schon zurück im Dorf, während die beiden anderen Teams noch ziellos durch die Gegend irren und nach ihren Mamis rufen.« Er lachte und schwang die Klinge.

»Cool!«, erklärte Anthony. »Absolut cool.«

Der Pfad wand sich zur Küste hinab. Anne konnte die Wellen gegen die Felsen branden hören. Sie blieben alle stehen, als der Lichtkegel von Anthonys Taschenlampe eine Eidechse erfasste.

Die Eidechse erstarrte und sah zu ihnen hinauf. Das Licht spiegelte sich in ihren runden schwarzen Augen.

»Hässlicher kleiner Bursche«, meinte Anthony. Er hob seinen Stiefel. »Soll ich ihn platt machen?«

»Du spinnst wohl!«, rief Kirsten und zog Anthony zurück. »Lass ihn in Ruhe!«

»Der ist gar nicht hässlich. Ich finde ihn süß«, sagte Anne.

»Das muss einem aber erst gesagt werden!«, erwiderte Anthony bissig.

Plötzlich erwachte die Eidechse aus ihrer Starre und

flitzte in ein paar dichte Farnstauden. Der Pfad endete am Waldrand. Marlin schlug noch eine Kerbe, dann führte der Weg ins Freie hinaus in Richtung der Höhlen.

Auf einmal fühlte Anne, wie ihr ein Schauder über den Rücken lief. Josh und ich wollten diese Höhlen eigentlich heute früh erkunden, dachte sie. Hatte Marks Josh *wirklich* mitten in der Nacht weggebracht?

Wovor fürchtete sich Marks?

Die blauen Felsen – so kalt, ständig so unheimlich kalt – wirkten tagsüber gespenstisch. Jetzt in der Nacht leuchteten sie sanft im Mondlicht.

Als Anne näher kam, schien das schimmernde Licht das Gestein pulsieren zu lassen – als ob es *lebendig* wäre!

Anne blinzelte. Stell deine verrückten Gedanken ab, schimpfte sie mit sich selbst. Sie eilte über den nassen, sandigen Boden, um zu den anderen aufzuschließen.

»He, wartet«, rief sie. Und dann, als sie die anderen erreicht hatte, stieß sie einen Schrei aus.

»Halt!«, kreischte sie, und ihre Stimme klang schrill vor Angst.

Ein Angstschauder schüttelte ihren Körper. Sie packte Marlins Arm. »Bleibt stehen! Hört ihr das? Stimmen! Stimmen! Aus der Höhle dort!«

24

Die anderen blieben stehen. Kirsten fuhr erschrocken zusammen. Anthony fiel die Taschenlampe aus der Hand. Er horchte angestrengt und machte keine Anstalten, sie aufzuheben.

Marlin lachte als Erster.

»Anne, du Dummchen«, murmelte er.

Anne merkte, dass sie seinen Arm festhielt. Sie ließ ihn los und wich zurück. »Bitte?«

»*Natürlich* hörst du Stimmen«, sagte Marlin und verdrehte dabei die Augen. »Das sind die Leute vom anderen Team.«

Anne seufzte heftig. »Oh, tja. Tut mir Leid.«

Sie blickte zu den Felsen hinauf und sah Dolores. Sie erkannte sie gleich an ihrem langen blonden Haar. Dolores hangelte sich mit ihrem Team über ein schräges Felsplateau.

Anne atmete tief durch. Nimm dich zusammen, schärfte sie sich ein. Nimm dich zusammen – auf der Stelle.

Meine Fantasie geht wohl mit mir durch, dachte Anne. Ich muss mir eine gesündere Einstellung zulegen. Ich muss locker werden und meinem Team zeigen, dass ich nicht verrückt bin.

Die drei Mannschaften sollten nicht gemeinsam auf Erkundungstour gehen. Deshalb wandte sich Marlin von den Höhlen ab und führte seine Gruppe in den Wald zurück.

Kirsten und Anthony redeten miteinander und lachten noch immer über Annes Stimmen. »Hört mal, Leute – ich hab gesagt, dass es mir Leid tut«, rief Anne. »Ich werde ab jetzt die Klappe halten, versprochen. Für den Rest der Nacht sag ich kein Wort mehr.«

»Klingt gut«, meinte Marlin. »Auf geht's. Wir wollen versuchen, ein richtiges Team zu sein. Es wird eine lange Nacht werden. Lasst uns etwas Spaß haben!«

Er schwang die Machete – *tschack* – und schlug eine weitere Kerbe in den glatten Stamm eines Baumes.

»He, lass mich auch mal probieren!«, sagte Anthony und entriss Marlin das große Messer.

»Pass auf –«, rief Marlin.

Anthony schwang die Klinge gegen einen Baum. *Tschack.* »Cool!«, rief er. Dann zog er die Klinge heraus und holte erneut aus. Dieses Mal schlug er eine noch tiefere Kerbe unterhalb der ersten.

»He – du tust dem Baum weh!«, protestierte Kirsten.

Sie packte den Griff der Machete und versuchte, sie Anthony zu entwinden. Die beiden ragen miteinander, bis Marlin dazwischenging und sie ihnen wegnahm.

»Nur ein Hieb pro Baum«, belehrte Marlin sie. »Das mach ich nicht zum Spaß. Sondern nur, damit wir zurückfinden.«

»Und wo sind wir hier?«, fragte Anne.

Das Blätterdach über ihnen wurde immer üppiger, bis man den Himmel nicht mehr sah und das fahle Mondlicht das dichte Gewirr der Bäume nicht mehr durchdrang.

Hier ist es viel dunkler, dachte Anne. Und so still. Die Insekten hatten plötzlich zu zirpen aufgehört. Anne lauschte nach der Brandung der Wellen am Ufer. Stille.

»Wir müssen irgendwo im Zentrum der Insel sein«, sagte Marlin. »Wenn wir einfach immer geradeaus weitergehen ...«

»Aber der Weg ist hier zu Ende«, sagte Kirsten und leuchtete mit ihrer Taschenlampe in die Bäume. »Wohin geradeaus?«

»Wir müssen uns nach Norden halten«, erwiderte Marlin. Er nahm seine Baseballkappe ab und wischte sich mit der Hand über die Stirn. »Mann, ist das heiß heute Nacht. Ich wünschte, wir könnten ’ne Runde schwimmen gehen.«

»In welcher Richtung liegt denn das Meer?«, fragte Anne. »Ich – ich bin ganz durcheinander.«

»Ich hab einen Kompass dabei«, sagte Anthony und setzte seinen Rucksack ab. »Der soll doch immer brav nach Norden zeigen, stimmt's?« Er hockte sich hin und zog den Reißverschluss seines Rucksacks auf.

Kirsten beugte sich über Anthony und leuchtete ihm, während er in seinem Rucksack herumkramte. Er holte eine Wasserflasche heraus und nahm einen tiefen Schluck.

»Lass dir ruhig Zeit«, meinte Marlin spöttisch. »Wir haben uns ja bloß im Hinterland dieser Insel verlaufen.«

»Keine Sorge. Die anderen Teams haben sich wahrscheinlich noch mehr verirrt«, sagte Anthony. »He – da ist er ja.«

Er zog einen runden Gegenstand an einer Lederschnur heraus. »Mein Großvater hat mir diesen Kompass nach seiner Rückkehr aus Alaska geschenkt. Dort war er als Goldsucher am Yukon unterwegs und –«

»Spar dir die Familiensaga für später auf«, meinte Kirsten und leuchtete den Kompass an. »Also? In welche Richtung gehen wir? Wo ist Norden?«

Anthony schaute angestrengt auf die Skala. Dann drehte er den Kompass in seiner Hand. Und drehte ihn noch einmal.

Plötzlich sprang er auf. »Mann! Das glaub ich einfach nicht! Das kann doch nicht sein! Unmöglich!«

25

Er hielt den Kompass so, dass auch die anderen ihn sehen konnten. Anne quetschte sich zwischen Marlin und Kirsten, um einen guten Blick darauf zu erhaschen.

Innerhalb der Skala rotierte die Nadel. Sie drehte sich schnell, immer im Kreis.

»Das gibt's nicht!«, rief Anthony. »Warum macht er das?«

»Weil er kaputt ist«, sagte Marlin mit einem Stirnrunzeln.

»Ein Kompass kann nicht kaputtgehen«, schrie Anthony. »Er ist magnetisch. Das ist alles. Er ist nur ein Magnet. Was sollte ihn denn so rotieren lassen?«

Anne starrte auf die kreisende Nadel, die aussah wie eine von diesen verrückten Uhren in Cartoons.

»Steck ihn weg«, murmelte Marlin und wischte sich abermals den Schweiß von der Stirn. »Auu!« Er schlug sich gegen den Hals. »Hat jemand von euch Moskitospray dabei?«

»Wie spät ist es?«, fragte Kirsten.

Marlin leuchtete mit der Taschenlampe auf seine Armbanduhr. Lange haftete sein Blick auf der Uhr. »Ihr werdet's nicht glauben«, flüsterte er schließlich.

Er schüttelte kräftig sein Handgelenk und starrte wieder auf die Uhr. »Sie – sie ist stehen geblieben«, sagte er. »Um neunzehn Uhr und zwei Minuten ist sie stehen geblieben.«

Nun hielt Anne ihre Uhr ins Licht – und keuchte erschrocken. »Meine auch!«, rief sie. »Seht mal. Zwei nach sieben.«

»Seltsam«, murmelte Kirsten. »Erst der Kompass, dann die Uhren. Das ist total unheimlich.«

»Du klingst langsam schon wie Anne«, stichelte Anthony.

»Kommt, wir suchen das Meer«, schlug Anne vor. »Wenn wir das Meer immer links neben uns haben, laufen wir in die richtige Richtung.«

»Dann ist das hier unsere Marschroute«, sagte Marlin. Er drehte sich nach links und kämpfte sich durch das Dickicht der Bäume.

»Nein – warte!« Anthony zog den Reißverschluss an seinem Rucksack zu, schwang ihn über die Schulter und rannte Marlin hinterher. »Du hast komplett die Orientierung verloren. Wir wollen *da* langgehen!« Er zeigte nach rechts.

»Ich glaube, Anthony hat Recht«, sagte Kirsten. »Denn wir sind zwischen den Bäumen dort drüben herausgekommen – erinnert ihr euch?« Sie zeigte hinter sich.

Anne ließ den Lichtkegel ihrer Taschenlampe über den Boden wandern. »Wo ist der Pfad? Wenn wir sehen könnten, wo der Weg geendet hat …«

»Nein, das nützt gar nichts!«, rief Kirsten. »Wir sind durch die Bäume da drüben gekommen. Ich *weiß* es genau.«

Jetzt redeten alle vier durcheinander.

»Ruhe! Ruhe! Das reicht!«, schrie Marlin endlich. Er hob die Machete hoch über seinen Kopf.

Anne und die beiden anderen verstummten. Marlin sah mit dieser schimmernden Klinge in seinen Händen so bedrohlich aus, dass Anne fröstelte.

»Wir haben doch Markierungen an den Bäumen hinterlassen, richtig?«, fragte Marlin und fuchtelte mit der Machete über seinem Kopf herum. »Als Wegweiser.«

»Für unseren Rückweg«, sagte Kirsten. »Aber wir wollen nicht zurückgehen.«

»Wieso nicht?«, entgegnete Marlin.

»Das stimmt«, sagte Anthony. »Wir haben noch die ganze Nacht vor uns.«

Kirsten schaute zu Marlin hinüber. »Wie sieht dein Plan aus?«

Marlin deutete auf die Bäume. »Wir suchen die Markierungen und folgen ihnen, zurück zu den blauen Felsen und dem Meer.«

»Wir sollen zurückgehen?«, fragte Kirsten.

Marlin nickte. »Nicht ganz bis ins Dorf zurück. Wir dürfen uns nicht vor Sonnenaufgang dort blicken lassen. Nur bis zu den Felsen. Dort können wir uns wieder orientieren.«

»Ja, das ist gut«, stimmte ihm Anne zu. »Dann können wir uns ja noch mal auf den Weg machen und darauf achten, dass wir das Meer immer links neben uns haben.«

Anthony kratzte sich im Gesicht. »Den ganzen Weg bis zu den Felsen zurücklaufen?«

»Wieso nicht?«, erwiderte Marlin. Er zeigte auf die Bäume. »Wir könnten uns eine Richtung aussuchen – irgendeine Richtung – und einfach loslaufen. Aber warum ein Risiko eingehen? Außerdem ist es nicht weit.«

»Der Plan ist gut«, lobte Anne. »Hören wir auf zu streiten und gehen wir's an.«

Marlin klopfte ihr auf den Rücken. »He – dein Teamgeist ist zum Leben erwacht! Endlich hast du's gecheckt, Anne!«

Alle lachten, sogar Anthony. Anne fühlte sich gleich ein bisschen besser.

Marlin stapfte auf die Bäume zu. »Hier ist die letzte Markierung, die ich geschlagen habe«, sagte er. Er leuchtete mit seiner Taschenlampe auf den Stamm.

Die anderen wollten ihm gerade folgen. Doch sie blieben alle vier stehen, als sie ein lautes Geräusch hörten.

Ein lautes *Tschack.*

Ganz in der Nähe. Rechts von ihnen.

Sie drehten sich zu dem Geräusch hin. »Wer ist da?«, rief Marlin.

Stille.

Dann wieder ein *Tschack.*

Das Geräusch von einer Klinge, die in einen Baumstamm schnitt. Diesmal direkt vor ihnen.

»He!«, schrie Anthony. »Ist da jemand? Wer ist da?«

GRUSELFIEBER 26

Abermals hallte ein *Tschack* durch die Bäume. Diesmal zu ihrer Linken. Und näher.

Marlin lief auf das Geräusch zu. Er blieb jedoch stehen, als erneut das Geräusch einer in Holz schneidenden Klinge zu hören war.

»Wer macht das?«, schrie er.

»Wer ist da?«, rief nun auch Kirsten.

Anne ließ den Lichtstrahl ihrer Taschenlampe kreisen. Doch alles, was sie sah, waren Bäume, Farne und niedriges Buschwerk.

Da war niemand. Keine Menschenseele.

Tschack tschack … tschack.

Das Geräusch erscholl jetzt rings um sie herum. Nah und weit. Hinter ihnen. Vor ihnen. Links. Rechts. Das Zischen einer durch die Luft sausenden Klinge. Und das Hacken …

Schneller. Zack-zack-zack.

»Das verstehe ich nicht!«, sagte Kirsten mit zitternder Stimme. Sie hielt sich krampfhaft die Ohren zu, als wollte sie die Hackgeräusche aussperren. Dieses gleichmäßige, entsetzliche Hacken … »Macht, dass es aufhört! Es soll aufhören!«, jammerte sie.

»Wir müssen hier verschwinden!«, rief Marlin.

Tschack … tschack …

»Kommt, wir folgen dem Weg, den wir markiert haben«, krächzte Anthony, und seine Augen waren vor Schreck geweitet. »Hier ist schon die erste Kerbe.«

Tschack … tschack … Das Hacken ging rings um sie herum weiter.

»Nein. *Hier* ist die erste«, sagte Kirsten und berührte den Stamm einer Palme.

»Die hier hat eine Kerbe«, sagte Anne. »Die hier auch. Und seht mal –« Die Worte blieben ihr im Hals stecken.

Alle.

Jeder einzelne Baum!

Jeder Baum im Wald hatte eine Hackmarkierung.

Wer tat so etwas? Hier war doch niemand? Jedenfalls war keiner zu sehen.

Aber das grauenhafte Geräusch dröhnte weiter in ihren Ohren.

Tschack … tschack … tschack …

GRUSELFIEBER

27

Die Machete, die Marlin wie ein Schwert vor sich hielt, zitterte in seiner Hand.

Die stetigen Hackgeräusche hallten durch den Wald. Und verklangen in der Ferne.

»Wer ist da?«, rief Marlin noch einmal und schwang sein großes Messer. »Wer macht das?« Er wandte sich an die anderen. »Das ist *verrückt*! Das sind Hirngespinste!«

Anne fasste ihn am Arm. »Komm, wir hauen einfach ab«, sagte sie. »Wähl eine Richtung – irgendeine.«

Aber Marlin stand wie angewurzelt da und lauschte den Hackgeräuschen.

»Hier lang!«, rief Kirsten und lief einfach drauflos. »Kommt! Irgendwo müssen wir ja mal rauskommen.«

Anne zog Marlin hinter sich her. Die drei Kinder rannten Kirsten nach, duckten sich unter niedrigen Ästen hindurch und bahnten sich ihren Weg durch ein Gewirr von Lianen.

»Wir müssen zu Rick und Abby auf die andere Seite laufen«, japste Anthony atemlos.

»Wir müssen erst mal von *hier* weglaufen!«, konterte Kirsten.

»He, hört mal.« Anne blieb abrupt stehen. Schwer atmend lehnte sie an einem schlanken Palmenstamm. Der Stamm wies ungefähr auf Hüfthöhe eine Kerbe auf.

»Es hat aufgehört!«, sagte Marlin. »Das Hacken – es hat endlich aufgehört.«

Jetzt konnten sie wieder die zirpenden Insekten hören. Und das Rauschen des Windes in den Palmwedeln.

»Lasst uns weitergehen«, meinte Anne. »Die Insel ist doch winzig. Bestimmt sind wir schon nahe an der Küste.«

»Aber was *war* das?«, rief Anthony mit bebender Stimme.

Im Gänsemarsch stapften sie durch den Palmenwald. Anne bemerkte, dass jeder Baum eine Kerbe trug.

Ihr Rucksack fühlte sich plötzlich zentnerschwer an. Und am Rücken war ihr T-Shirt klatschnass geschwitzt.

Hohe Schilfgräser peitschten ihr beim Gehen ins Gesicht. Sie zog den Kopf ein und schob Gräser und Sträucher beiseite.

In der Ferne sah sie winzige, flackernde Lichtpünktchen – Glühwürmchen. Normalerweise hätte sie angehalten, um die magische Szenerie zu bewundern.

Aber nicht heute Nacht. Diese Nacht war zu sonderbar, zu gruselig.

Sie hatten sich verirrt in diesem dampfenden, heißen Wald, wo Uhren stehen blieben, der Kompass verrückt spielte und unsichtbare Klingen die Bäume schlitzten.

»Wie lange gehen wir schon?«, stöhnte Anthony. Er blieb auf einer kleinen, sandigen Lichtung stehen und warf seinen Rucksack auf den Boden. Dann tupfte er sich mit dem Ärmel seines T-Shirts die Stirn ab.

»Mindestens eine halbe Stunde«, antwortete Anne. Die dunklen Ponyfransen klebten ihr schweißnass auf der Stirn. Sie leuchtete mit ihrer Taschenlampe über die Lichtung. »Eine halbe Stunde – und wir sind kein Stückchen vorwärts gekommen.«

Anne setzte sich auf die Erde und seufzte. »Der Wald ist nicht so groß. Wir hätten längst die Küste erreichen müssen.«

Marlins Augen blitzten auf. Ein sonderbares Grinsen

überzog sein Gesicht. »Ich weiß, woran es liegt«, sagte er. »Jetzt durchschaue ich, was hier los ist!«

28

»Ich wette, das gehört alles zu den Spielen des Lebens«, erklärte Marlin. »Ja! Ich wette, Marks hat diese ganze Geschichte eingefädelt. Die gekerbten Bäume – alles Spezialeffekte oder so was.«

Anthony sah ihn misstrauisch an. »Spezialeffekte? Du machst wohl Witze, was?«

»Nein. Ich meine das ernst«, sagte Marlin aufgeregt. »Versteht ihr denn nicht? Das sollte so passieren. Wir sollten uns verlaufen. Und wir sollten Angst kriegen. Das ist alles geplant. Es gehört alles zum Spiel.«

Kirsten sah Marlin nachdenklich an. »Vielleicht hast du Recht«, sagte sie leise. »Aber wir irren nach wie vor durch die Gegend – richtig? Wir müssen noch immer zu dem kleinen Anlegesteg finden und von dort zurück ins Dorf.«

Ächzend rappelte Anne sich auf. »Ich denke, wir sollten weitergehen«, sagte sie. »Wir laufen einfach schnurgerade weiter. Die Küste muss genau da drüben liegen.«

»Die Küste muss *überall* sein«, sagte Anthony gereizt. »Das hier ist schließlich eine *Insel*, oder etwa nicht?«

»Und eine sehr kleine obendrein«, sagte Kirsten.

Sie liefen weiter. Niemand sprach. Die Glühwürmchen

funkelten ringsumher und zogen mit ihnen, als würden sie die Kinder verfolgen.

Anne trank ihre Wasserflasche leer. Der Schweiß lief ihr in Bächen übers Gesicht. Es juckte sie am ganzen Körper. Und ihre Muskeln schmerzten.

»Hier stimmt etwas nicht«, sagte sie, nachdem mindestens eine Stunde verstrichen war. »Hier ist was oberfaul. Man kann in weniger als einer Stunde quer über die ganze Insel laufen und wieder zurück.«

Kirsten seufzte. »Dieser Wald nimmt einfach kein Ende. Mir kommt es so vor, als würde er sich immer weiter vor uns ausbreiten.«

Anthony schob sein Gesicht dicht an Marlins. »Na, glaubst du immer noch an Spezialeffekte?«, fragte er hämisch.

Marlin stieß Anthony kräftig mit beiden Händen weg. »Verzieh dich! Lass mich in Frieden, du Penner!«

Anthony holte mit seinem Rucksack aus und versuchte, Marlin damit zu treffen.

»Hört auf, Jungs!«, rief Kirsten und ging dazwischen. »Wir dürfen uns doch jetzt nicht prügeln.«

»Genau. Was, wenn das ebenfalls zur Treueprüfung gehört?«, sagte Anne.

»Halt du die Klappe!«, herrschte Anthony Anne an. »Nach deiner Meinung fragt hier kein Mensch! Setzt du deinen bösen Voodoozauber bei uns ein? Ja, ist es so? Werden gleich unsere Trommelfelle platzen?«

Verstört wich Anne zurück. Seine Worte waren verletzend.

»Sei still! Anthony, es reicht jetzt!«, bat Kirsten eindringlich. »Du rastest schon wieder total aus.«

»Wir müssen zusammenhalten«, erklärte Marlin. Er reichte

Anthony seine Wasserflasche. »Hier. Da ist noch ein kleiner Rest drin.«

Anthony schlug sie ihm aus der Hand. »Ich hab's satt. Ich will bloß ins Dorf zurück.«

»Und die 100 000 Mäuse – hast du die auch satt?«, fauchte Marlin. »Du scheinst zu vergessen, warum wir hier sind. Willst du es für uns alle vermasseln?«

Anthony verdrehte die Augen, erwiderte jedoch nichts. Wütend kickte er Marlins Wasserflasche in den Wald. »Also dann, auf geht's«, brummte er.

Sie schulterten ihre Rucksäcke und stapften erneut durch den Wald. Wie viel Zeit mochte inzwischen vergangen sein? Anne hatte nicht die leiseste Ahnung.

Schließlich erblickte sie einen rosa Streifen am Himmel. »Ich glaub's nicht!«, keuchte sie. »Die Sonne. Bald wird es Tag.«

»Wir sind die ganze Nacht herumgeirrt«, sagte Kirsten und gähnte herzhaft.

»Die Sonne geht doch im Osten auf, ja?«, sagte Marlin und deutete in diese Richtung. »Dann ist das also Norden und das Süden.«

Anthony hob einen Finger an die Lippen. »Hört mal!«

Durch die Stille drang ein vertrautes Geräusch: das leise Plätschern von Wellen, die sich an Felsen brachen. »Das Meer!«, rief Anne. »Endlich haben wir zum Meer gefunden!«

Ein paar Minuten später traten sie aus dem Wald – und blickten verwundert durch den Morgennebel auf die blauen Felsen. Das erste Sonnenlicht fiel auf die Höhlen und die glatten Steine und tauchte sie in einen rosa Schimmer.

»JAAA!«, jubelte Marlin und riss die Fäuste in die Luft.

Dann rannte er auf sie zu. »Wir überqueren die Felsen und laufen am Strand entlang zum Dorf zurück!«, rief er. Mit hüpfenden Rucksäcken liefen Anne und die anderen Marlin nach, den steilen, rutschigen Hügel hinab. Das rote Licht der Morgensonne spiegelte sich im Ozean und verlieh ihm einen violetten Glanz.

Die ganze Welt erglüht in prächtigen Farben!, dachte Anne, froh, dass die lange Nacht beinahe vorüber war.

Doch schon im nächsten Moment hörte sie einen verblüfften Aufschrei und erschrak.

Sie fuhr herum und sah Marlin am Boden vor einem dunklen Höhleneingang. Wie das? Vorhin war er doch noch vor uns, wunderte sie sich.

»Ist schon okay«, rief er. »Ich bin ausgerutscht, das ist alles. Kein Problem!«

Anne sah, wie er sich hochrappelte. Dann lief sie weiter und folgte Kirsten und Anthony über den gelben Sand.

Kurze Zeit später hasteten sie atemlos ins Dorf. Anne ließ ihren Blick über den leeren Platz schweifen, bis sie Rick und Abby entdeckte, die damit beschäftigt waren, Gerätschaften in einem Schuppen zu verstauen. Ansonsten war keine Menschenseele zu sehen.

»He! Hallo! Wir sind wieder da!«, rief Anthony.

Die beiden Mitarbeiter drehten die Köpfe, um sie zu begrüßen. »Leise – du weckst noch die anderen auf«, mahnte Rick.

»Sie sind alle schon längst zurück«, sagte Abby. »Wo habt ihr nur gesteckt, Leute? Ihr habt es ja nicht mal bis zu dem kleinen Steg geschafft.«

»Abby und ich haben uns schon Sorgen um euch gemacht«, ergänzte Rick.

»Wir haben uns irgendwie verlaufen«, antwortete Anthony.

»Na ja, wenigstens seid ihr jetzt hier«, sagte Abby. »Ihr könnt euch etwas schlafen legen. Immerhin wart ihr die ganze Nacht auf.« Sie wandte sich an Rick. »Wir übrigens auch. Ich bin fix und foxi. Also dann, bis später.«

Rick schloss den Schuppen zu. Dann gingen er und Abby zu ihren Hütten.

Anne drehte sich zu Anthony und Kirsten. »Was für eine Nacht«, seufzte sie. »Ich kann's kaum erwarten, eine Mütze Schlaf zu kriegen. He – wo ist Marlin?«

»Was? Er war doch direkt hinter uns«, sagte Kirsten.

April blickte zum Strand hinunter. Leer. Keine Spur von Marlin zu sehen.

Sie legte die Hände zu einem Trichter um den Mund und rief: »Marlin? Marlin?«

Ein Schauder lief ihr kalt über den Rücken. »Wo steckt er bloß?«, schrie sie. »Er ist … weg!«

»Er wird jeden Moment hier eintrudeln«, sagte Anthony und gähnte. Sein rotes Haar klebte verfilzt an seinem Kopf. Ganze Dreckbäche liefen ihm seitlich über das Gesicht.

»Aber wo *ist* er?«, fragte Anne.

»Vielleicht ist er stehen geblieben, um den Sonnenaufgang zu bewundern«, meinte Kirsten. Sie gähnte ebenfalls. »Wie dem auch sei«, murmelte sie. »Ich schlafe jedenfalls gleich im Stehen ein.« Sie ging zur Hütte. »Kommst du mit?«

Anne schüttelte den Kopf. Sie ließ den Strand nicht aus den Augen. »Moment noch. Ich möchte nur sichergehen, dass mit Marlin alles okay ist.«

Kirsten und Anthony verschwanden in ihren Hütten. Anne warf ihren Rucksack auf die Erde und ließ sich drauf plumpsen. »Wo steckst du, Marlin?«, fragte sie laut.

Die Sonne stieg höher am Himmel empor. Anne stützte den Kopf in die Hände. Jetzt nicke ich hier gleich im Sitzen ein, dachte sie.

Als sie hochschaute, sah sie Donald Marks gemütlich zu seinem Büro schlendern. Er trug ein graues Sweatshirt und reckte im Gehen die Arme über den Kopf.

»Mister Marks!«, rief Anne. Sie stand auf und eilte zu ihm hinüber.

»Anne? Warum schläfst du denn nicht?«, fragte Marks.

»Wir sind gerade erst zurückgekehrt. Von der Nachtwanderung«, antwortete sie. »Nur … Marlin fehlt.«

Marks kniff die Augen zusammen, sagte aber kein Wort.

»Wir sind über die Felsen heruntergekommen. Er ist direkt hinter uns gewesen«, erklärte Anne. »Aber dann … war er plötzlich weg.«

Marks zuckte mit seinen breiten Schultern. »Keine Sorge«, sagte er in ruhigem Tonfall. »Er wird schon noch kommen.«

»Aber ich mache mir Sorgen um ihn«, sagte Anne mit schriller Stimme. »Er ist bei den Höhlen ausgerutscht. Er meinte, ihm sei nichts zugestoßen, aber was, wenn –«

»Jetzt schlaf erst mal«, erwiderte Marks. »Du bist die ganze Nacht auf den Beinen gewesen. Du musst doch erschöpft sein.«

»Aber Marlin –?«

»Ich kümmere mich darum«, sagte er und machte mit seinen Dehnungsübungen weiter. »Und nun ab mit dir. Das ist nicht dein Problem, verstanden?«

Anne nickte. Sie hob ihren Rucksack auf und schlurfte müde zu ihrer Hütte.

Aber als Marks außer Sicht war, blieb sie stehen. Wieso war er nicht beunruhigt wegen Marlin?, überlegte sie. Er wirkte nicht mal überrascht. Die Sache schien ihm völlig gleichgültig zu sein.

Was, wenn Marlin verletzt ist? Was, wenn er in irgendwelchen Schwierigkeiten steckt?

Anne schleuderte ihren Rucksack gegen eine Palme. Ich gehe noch mal zu den Felsen zurück, beschloss sie.

Ich kann Marlin doch nicht da hinten im Stich lassen. Ich werde ihn finden und rausbekommen, was passiert ist.

Sie wusste, dass Marks sie von seinem Büro aus sehen konnte. Aber das war ihr egal. Sie holte tief Luft und joggte zum Strand.

GRUSELFIEBER

30

Ihre Turnschuhe platschten über den nassen Sand. Die noch tief stehende Sonne ließ das Meer rot aufleuchten. Zwei Möwen flatterten kreischend über dem Wasser und stritten sich um einen silbrigen Fisch.

Der Strand war menschenleer. Keine Spur von Marlin.

Als Anne sich den blauen Felsen näherte, erhob sich plötzlich heulend ein kräftiger Wind. Sand wirbelte hoch in die Luft – ein Schwall nach dem anderen – und flog ihr ins Gesicht.

Hustend und blinzelnd senkte Anne den Kopf und kämpfte sich vorwärts. Doch der plötzliche Wind kam in starken Böen und schleuderte ihr den Sand entgegen. Er schob sie weg … und drängte sie zurück.

Als ob er mich von den Felsen fern halten will, dachte sie.

Schützend hielt sie ihre Hände vors Gesicht und stemmte die Schultern gegen den Wind. Langsam und nur beschwerlich kam sie vorwärts.

Nachdem Anne endlich die Felsen erreicht hatte, hörte der Wind schlagartig auf. Sie schüttelte sich den Sand aus dem Haar und begann mit dem Aufstieg.

Die Steine waren nass und glitschig unter ihren Schuhen. Und so kalt. Sie fühlte, wie die Kälte aus der Felsoberfläche strahlte.

Ihre Beine schmerzten von der langen Nachtwanderung. Sie fühlte sich schwindlig, einfach erledigt. Trotzdem zog sie sich höher hinauf. Immer höher …

Die Höhlen lagen jetzt direkt über ihr. Anne wollte gerade Marlins Namen rufen.

Doch das Wort blieb ihr im Hals stecken – und sie keuchte erschrocken, als sie die Frau auf den Felsen über sich erblickte.

Ja! Eine Frau!

Anne konnte ihr langes braunes Haar sehen, das über ihre schwarze Kutte fiel. Sie hatte eine schneeweiße Haut.

Nebliger Dunst zog über die Felsen. Ein kalter, dunkler Nebel.

Die Frau schien in dem Nebel zu schweben. Oder aus ihm emporzusteigen, als wäre der Nebel ein Teil ihres Körpers.

Eine Frau! Wahrhaftig, eine Frau!

Es ist also *tatsächlich* noch jemand auf dieser Insel!, schoss es Anne durch den Kopf.

Josh hatte gesagt, er habe eine Frau summen gehört. Er hatte Recht!

Und was machte sie da?, wunderte sich Anne.

Umwallt von dem schweren, dunklen Nebel, beugte sich die Frau über etwas.

Anne kletterte noch ein Stückchen höher, um besser sehen zu können. Hier oben gab es weder Schatten noch Bäume, die sich als Versteck geeignet hätten. Sie konnte nur hoffen, dass die geheimnisvolle Person nicht in ihre Richtung sah.

Nun beugte sich die Frau tief herab. Anne spähte angestrengt und versuchte, im gleißend hellen Sonnenlicht etwas zu erkennen.

Dort oben war noch jemand, stellte Anne fest.

Sie konnte eine Gestalt auf den Felsen liegen sehen, ausgestreckt auf dem Rücken, halb verdeckt durch den wallenden, dunklen Nebel. Marlin!

Ja. Anne erkannte Marlin.

Die Frau in der schwarzen Kutte beugte sich über ihn und drückte ihr Gesicht an seines.

Anne zitterte am ganzen Leib – teils von der eisigen Kälte der Steine, teils von dem, was sie da sah.

Blies die Frau Luft in Marlins Mund? Versuchte sie, ihn wiederzubeleben? Mit einer Herz-Lungen-Massage?

Mit zittrigen Beinen und während ihr ein Schauder nach dem anderen über den Rücken lief, robbte Anne näher heran.

So dicht heran, bis sie sehen konnte, wie sich Marlins Brustkorb auf und ab bewegte. Und wie sein Magen einsank, als die Frau ihre Lippen auf seine senkte.

Oh Gott, dachte Anne. Großer Gott.

Erneut durchfuhr sie ein Schauder, als das Entsetzen sie packte.

Die Frau *saugte* Marlins Lungen aus!

Marlin stieß einen heiseren Schmerzensschrei aus, der jedoch von den Lippen der Frau erstickt wurde. Sie schob ihren Kopf über seinen.

Jetzt stieß Marlin einen kläglichen Schrei aus. Dann noch einen. Und noch einen. Und mit jedem Mal wurde der Schrei leiser.

Er hob die Arme, als wollte er die Frau abwehren. Doch seine Arme fielen schlaff zur Seite.

Wieder beugte sie sich über ihn.

Saugte seinen Atem heraus … zog seine Kraft von ihm ab …

»NEIN! AUFHÖREN!«, schrie April laut, als sie es nicht mehr aushielt.

Die Frau hob den Kopf. Ihr Haar flog in die Höhe und verschwand im Nebel. Ihre dunklen Augen glühten wie feurige Kohlen.

Sie drehte sich um. Hob die Hand.

Und zeigte mit dem Finger auf Anne.

Anne erstarrte und konnte sich nicht mehr rühren.

31

»Was hat dich so lange aufgehalten?«, fragte Anne Marlin. »Wir sind zurückgekehrt – und du warst nicht da.«

»I-ich weiß nicht«, erwiderte Marlin kopfschüttelnd. »Ich erinnere mich nicht. I-ich fühle mich einfach so schwach, so müde. Und meine Brust – sie tut weh.«

Inzwischen waren einige Minuten vergangen. Sie gingen nebeneinander am Strand entlang. Die Wellen schwappten sanft ans Ufer. Anne trug ihre Schuhe in der Hand. Der nasse Sand fühlte sich gut an unter ihren heißen Füßen.

»Wie hast du mich gefunden?«, wollte Marlin wissen.

Anne dachte angestrengt nach. »Keine Ahnung«, sagte sie schließlich. »Verrückt! Ich erinnere mich, wie ich vom Dorf weggelaufen bin, um nach dir zu suchen. Aber danach ... es ist alles so verschwommen.«

Sie drehte sich um und schaute zurück zu den blauen Felsen. Im Schein der Morgensonne glühten sie wie Edelsteine.

Niemand war dort.

Warum hatte sie das Gefühl, dass sie dahinten etwas gesehen hatte? Und warum hatte sie das Gefühl, dass dort irgendetwas passiert war, etwas Unangenehmes?

Irgendwas geisterte ihr im Kopf herum. Etwas, wovon sie wusste, dass sie sich daran erinnern sollte.

War es *zu schrecklich*, um sich zu erinnern?

Plötzlich fühlte sich ihr Kopf an, als ob er zerspringen wollte. Sie rieb sich die Schläfen. »Ohh. Hab ich schlimme Kopfschmerzen«, murmelte sie.

»Ich auch«, sagte Marlin. »Das kommt wohl daher, dass

wir die ganze Nacht auf waren. Und dann all die verrückten Erlebnisse …«

Anne sah Marks in der Nähe des Anlegestegs auf sie warten.

Oh-oh, dachte sie. Gibt's jetzt Ärger?

Zu ihrer Verwunderung tauchten Kirsten und Anthony neben Marks auf.

Als Marks angelaufen kam, um Anne und Marlin zu begrüßen, strahlte er übers ganze Gesicht. »Meinen Glückwunsch!«, rief er mit dröhnender Stimme und schüttelte erst Anne und dann Marlin feierlich die Hand.

»Was haben wir denn getan?«, fragte Marlin verwirrt.

»Euer Team hat soeben die Treueprüfung gewonnen«, verkündete Marks.

Alle vier Kinder jubelten überrascht auf.

»Wir haben gewonnen? Aber wie denn *das*?«, fragte Kirsten.

Marks legte Anne die Hand auf die Schulter. »Im Grunde hat Anne den Wettbewerb für euch gewonnen. Sie wusste, dass sie sich nicht auf die Suche nach Marlin begeben durfte. Trotzdem tat sie es und stellte damit ihre Treue zu einem Teamkameraden über alles andere.«

Anthony verzog irritiert das Gesicht. »*Anne* hat diesen Wettbewerb für uns gewonnen?«

Marks nickte, noch immer grinsend.

»Wahnsinn, Anne!«, rief Marlin und klatschte ihre Hand ab. Und dann gab es überall nur noch Jubel und Umarmungen.

Anne fühlte sich glücklich, auch einmal der gefeierte Star zu sein. Vielleicht akzeptieren sie mich ja nun und vergessen den anderen Blödsinn, dachte sie.

Auf dem Weg zu den Hütten wandte sich Kirsten an Marlin. »Wo hast du denn *gesteckt?*«, fragte sie. »Was ist passiert?«

Marlin sah sie skeptisch an. »Ich weiß nicht genau«, erwiderte er. »Es ist alles … irgendwie verschwommen.«

»Na gut, was hat Marlin gemacht, als du ihn gefunden hast?«, gab Kirsten die Frage an Anne weiter.

Anne dachte angestrengt nach. Ein Gefühl von Panik schnürte ihr die Kehle zu. Warum konnte sie sich nicht erinnern?

»Ich – ich bin mir nicht sicher«, sagte sie zu Kirsten. »Er war noch bei den blauen Felsen, in der Nähe von einer der Höhlen. Daran kann ich mich erinnern. Aber …«

»Ihr seid einfach übermüdet«, mischte Marks sich ein. »Ihr seid erschöpft, weil ihr die ganze Nacht kein Auge zugetan habt. Und jetzt spielt euch eure Erinnerung Streiche.«

Inzwischen waren sie bei seinem Büro angelangt. Er winkte sie mit beiden Händen davon. »Gönnt euch 'ne Runde Schlaf. Also bis später dann. Nochmals meinen Glückwunsch. Wir werden euren Sieg heute beim Abendessen bekannt geben.«

In bester Laune liefen die Kinder über den Sand zu ihren Hütten. »Worum geht es beim nächsten großen Wettbewerb?«, fragte Anthony.

»Ehrlichkeit«, antwortete Marlin mit einem Gähnen.

»Kein Problem«, meinte Anthony. »Den gewinnen wir auch.«

Anne folgte Kirsten in ihre Hütte. Die anderen beiden Mädchen schliefen tief und fest. Sie rührten sich auch nicht, als Kirsten und Anne hereinkamen.

Anne war zu müde, um sich umzuziehen. Sie warf sich in

ihren Klamotten aufs Bett. Nur Sekunden danach fiel sie in einen tiefen, traumlosen Schlaf.

Anne verschlief den Großteil des Tages. Es war schon spät am Nachmittag, als sie es schließlich schaffte, aus dem Bett zu krabbeln, zu duschen und in einen Badeanzug zu schlüpfen.

Sie nahm ein kurzes, erfrischendes Bad im Meer. Dann legte sie sich zu ein paar anderen Kindern, die die letzten Sonnenstrahlen am Strand genossen.

Wo sind die nur alle hin?, wunderte sie sich. Das Dorf wirkt heute richtig ausgestorben.

Beim Abendessen stellte sie erstaunt fest, dass einer der Tische aus dem Gemeinschaftsraum entfernt worden war. Anne setzte sich neben Kirsten und zählte dann die Anwesenden bei Tisch. Es waren nur noch acht.

»Wo ist Dolores?«, fragte sie Kirsten.

Kirsten zuckte die Achseln.

»Dolores und ihr ganzes Team fehlen«, sagte Anne.

In dem Moment sah Anne, wie Marks zu Rick und Abby an den Mitarbeitertisch bei der Wand kam. Sie sprang auf und stellte sich ihm in den Weg.

»Hi, Mister Marks. Kann ich Sie was fragen? Wo sind die anderen Kinder?« Sie zeigte auf die leere Stelle, wo der Tisch gestanden hatte.

Marks räusperte sich. Er blickte an ihr vorbei. »Sie wurden ausgeschaltet«, sagte er fast flüsternd.

Anne schluckte. »Wie bitte? Ich verstehe nicht. Sind sie irgendwo anders auf der Insel? Oder haben Sie sie nach Hause geschickt?«

Zu Annes Verblüffung setzte Marks eine frostige Miene auf. Aus eisigen Augen starrte er sie an und presste zwischen den Zähnen hervor: »Das sagte ich doch: Sie wurden *ausgeschaltet.*«

GRUSELFIEBER

32

Das gehört alles zu den Spielen, dachte Anne. Ausgeschaltet zu werden, ist Teil des Wettkampfs.

Aber warum klingt es so unheimlich aus Marks' Mund?

Sie beschloss, nicht länger darüber nachzugrübeln. Sie und ihr Team mussten sich für den nächsten Wettbewerb am folgenden Nachmittag ausruhen.

»Das macht Spaß!«, rief Kirsten. Sie paddelte neben Anne. »Ich bin noch nie Kajak gefahren. Diese kleinen Boote sind voll süß!«

Die Wellen trieben die beiden Kajaks gegeneinander. »Vorsicht!«, rief Anne. »Die See ist heute Morgen ganz schön rau. Ich will nicht kentern.«

Kirsten lachte, als ihre Kajaks erneut zusammenstießen. Dann paddelte sie zu den anderen aus ihrem Team hinaus. »Beeilung, Anne. In die Startreihe mit dir. Das Rennen geht gleich los.«

»Noch zehn Punkte! Noch zehn Punkte!«, sang Marlin. Er winkte den beiden Mädchen zu, dass sie sich beeilen sollten.

Anne hatte beobachtet, wie Rick und Abby an diesem Morgen neun oder zehn gelbe Kajaks aus dem Lagerschuppen geholt hatten. Sie wusste nicht, wie gut sie bei einem Wettrennen abschneiden würde. Aber sie brannte darauf, sich eines der Boote zu nehmen und es zu probieren.

So muss sich ein Fisch fühlen, dachte sie. Ich bin ganz dicht über dem Wasser und kann mühelos dahingleiten.

Ein frischer Wind wühlte die grünen Wellen auf, dass die Kajaks kräftig schaukelten. Hoch aufgetürmte Wolken färbten den Himmel weißlich, fast wie Milch.

Anne schaute zum Ufer und sah Marks, der ihnen vom Anlegesteg aus zusah. Sie drehte sich von ihm weg und begann, zu den anderen hinüberzupaddeln.

»Hohoo!« Jared, ein Junge aus dem zweiten Team, schob sich ihr in den Weg. Der Bug von Annes Kajak stieß seitlich gegen Jareds Boot.

»Hallo! Wie geht's, Anne?«, rief Jared.

»Gut. Bis du mir in die Quere kamst«, antwortete Anne.

»Was ist hier los?« Clark, ein Junge aus Jareds Team, fuhr von hinten auf Annes Kajak auf. »Versuchst du etwa, Jareds Boot zu rammen?«, fragte er Anne.

»Quatsch!«, sagte Anne. »Er hat *mich* gerammt!«

»Ich hab dich gesehen – du schummelst!«, neckte Jared. »Rammen ist nicht zulässig, oder doch?« Er stieß sein Paddel schwungvoll ins Wasser, gab seinem Kajak einen kräftigen Vorwärtsschub – und prallte heftig gegen Annes Boot.

Beide Jungen lachten.

»Mal sehen, ob ihr am Ende des Rennens auch noch lacht!«, rief Anne. Sie klatschte ihr Paddel aufs Wasser und spritzte Jared einen Schwall Wasser ins Gesicht. Dann wendete sie flink und paddelte ihnen davon.

Rick und Abby saßen ruhig in ihren Booten und warteten, dass sich die acht Teilnehmer des Rennens in Startposition begaben. »Das Wettpaddeln beginnt und endet hier«, verkündete Rick. »Es führt einmal um die ganze Insel herum, Leute. Das erste Team, das die komplette Umrundung schafft, ist Sieger.«

Anne bekam Herzklopfen. Sie fühlte, wie sich ihre Muskeln verspannten.

Ich habe noch nie im Leben in einem solchen Kajak gesessen, dachte sie. Ob ich die ganze Strecke um die Insel schaffe?

Da kam der Signalpfiff. Die acht Teilnehmer peitschten das Wasser mit ihren Paddeln. Tief in den schaukelnden Wellen liegend, glitten die Boote mühelos vorwärts.

Jetzt fahren wir gegen die Dünung, merkte Anne. Auf dem Rückweg, wenn wir mit der Strömung paddeln, wird es leichter und schneller gehen.

Marlin scherte aus der Reihe der gelben Boote aus, um früh die Führung zu übernehmen. Anne sah Clark dicht an Marlin herangleiten. Schon bald hatten die beiden Kajaks einen großen Vorsprung herausgeholt. Ein Mädchen namens Ronni folgte als Dritte in weitem Abstand.

Anne paddelte gleichmäßig, versuchte, ihren Rhythmus zu finden. Die Wellen rollten über den Bug ihres Kajaks und bespritzten sie mit kalter Gischt.

Ich falle zurück, dachte sie.

Sie blickte nach hinten und sah ein Kajak, das rasch aufholte. Als es immer näher kam, erkannte sie Jared. Er paddelte wie wild. Sein Gesicht war rot angelaufen und seine Miene verriet grimmige Entschlossenheit.

Anne drehte sich wieder um und konzentrierte sich darauf, ihren schnellen, gleichmäßigen Schlagrhythmus zu halten. Das Kajak glitt nun etwas ruhiger dahin.

»Ich werde nicht Letzter!«, schrie Jared. »Mein Wort darauf!«

Sie ignorierte ihn und paddelte konzentriert weiter. Die Palmen am Ufer glitten vorüber, dann kamen die blauen Felsen.

»Auf keinen Fall werde ich Letzter!«, schrie Jared hinter ihr. »Niemals!«

Und dann war er nicht mehr in ihrem Rücken. Sein Kajak befand sich direkt *neben* ihrem – und es war flott unterwegs. Wieder sah Anne sein rotes, wutverzerrtes Gesicht.

»Hör auf!«, rief sie. »Du wirst mich noch rammen!«

Beide schrien auf, als Jareds Kajak mit Wucht gegen Annes stieß. Es gab einen heftigen Ruck.

Annes Schrei wurde von kaltem Wasser erstickt, als ihr Boot umkippte und ihr Kopf unter Wasser geriet.

Prustend und mit dem Paddel um sich schlagend, hing sie kopfunter im Boot. Das grüne Wasser umspülte sie gurgelnd.

Und dann spürte sie, dass sie herausfiel.

Sie fiel aus dem Kajak. Das Paddel fest in beiden Händen, sank sie hinab in die Tiefe …

Sie konnte alles ganz deutlich erkennen. Eine krustige rote Korallenwand, die sich vom Meeresgrund erhob. Und dutzende leuchtend gelber Sonnenbarsche, die wie Schmetterlinge über den Korallen schwebten.

Als Anne den Kopf hob, sah sie ihr Kajak hoch oben an der Oberfläche treiben.

Ihre Lungen waren zum Platzen gespannt. Sie ließ das Paddel los, streckte die Arme über den Kopf und fühlte, wie die Rettungsweste sie emporzuziehen begann.

Hinauf, immer weiter hinauf, ging es. Endlich durchstieß sie die Wasseroberfläche, keuchte, würgte und prustete.

Dann sah sie weit, weit vorn über den hüpfenden Wellen Jareds Kajak, wie es gerade um eine Landzunge bog und verschwand.

So ein Schuft! Jetzt werde *ich* Letzter, dachte sie verbittert.

Sie blickte ans Ufer – und erschrak fürchterlich.

Eine Frau. In einem schwarzen Umhang. Da stand eine Frau mit blasser Haut und langem braunem Haar, das wild um ihren Kopf flatterte.

Die Frau blickte Anne kalt an. Dann hob sie die Hand. Zeigte mit einem langen, hageren Finger auf sie. Und rief Worte in einer fremden Sprache.

Anne spürte einen Ruck an den Füßen. Irgendetwas begann, an ihr zu zerren, sie nach unten zu ziehen, irgendeine mächtige Kraft.

Sie schlug verzweifelt mit den Armen um sich, versuchte zu strampeln.

Doch sie sank unter die Wasseroberfläche.

Das Letzte, was Anne sah, ehe die Wellen über ihr zusammenschlugen, war der grinsende rote Mund der Frau.

GRUSELFIEBER

33

Das Wasser schäumte zornig um sie. Das Tosen der Fluten dröhnte in ihren Ohren.

Anne wand sich und kämpfte verbissen. Sie riss die Arme nach oben und strampelte, um freizukommen.

Aber die unsichtbare Kraft zog sie hinab und hielt sie fest. Und durch das Brausen des Wassers und das Hämmern ihres eigenen Herzens hörte Anne Gelächter. Das hohe, schrille Lachen der Frau auf den Felsen.

Was passiert mit mir? Was zieht mich nach unten? Warum kann ich nicht zur Oberfläche aufsteigen? Ist das diese Frau?

Panische Fragen huschten durch Annes Gedanken, während sie verzweifelt um sich kickte und strampelte. Und spürte, wie der Schmerz ihre Brust mit eisernem Griff umklammerte.

Ich muss atmen … atmen …

Plötzlich schien das Wasser dunkler zu werden. Sie konnte die Kälte nicht mehr spüren. Und nicht mehr die Oberfläche sehen …

Auch der Schmerz ihrer zum Bersten gespannten Lungen war weg.

Ich werde ohnmächtig, ahnte sie. Alles verschwimmt.

Das Wasser wurde noch dunkler. Zu dunkel, um etwas zu erkennen.

Ich muss atmen, muss meinen Mund öffnen.

Ich werde ohnmächtig … Anne hörte auf zu zappeln und wehrte sich nicht länger. Ihr Körper erschlaffte.

Pechschwarze Dunkelheit hüllte sie ein.

Und dann … fühlte sie plötzlich einen Ruck.

Waren das Hände auf ihren Schultern? Kräftige Hände, die sie hinaufzogen?

Anne schlug die Augen auf, konnte aber trotzdem nichts sehen.

Das Wasser brodelte und schäumte.

Schlaff hingen ihre Arme an den Seiten herab. Ihre Beine waren nutzlose Gewichte.

Aber irgendetwas zog sie vom Grund hoch.

Sie erreichte die Oberfläche und keuchte und prustete los. Wasser spritzte aus ihrem Mund, als sie Luft einatmen wollte.

Ihr ganzer Körper zitterte. Ihre Brust schmerzte. Anne spie noch mehr Wasser aus.

Wo bin ich?

Benommen hob sie den Blick – und sah Kirsten. Und sie bemerkte, dass sie ausgestreckt über dem Bug von Kirstens Kajak lag.

»Ich bin noch mal zurückgefahren«, sagte Kirsten und hielt Anne am Arm fest. »Ich hab gesehen, dass du es nicht geschafft hast, dein Kajak umzudrehen, also fuhr ich zurück.«

Anne starrte auf die Felsen am Ufer. Weit und breit kein Mensch zu sehen.

Hatte dort jemand gestanden? Sie konnte sich nicht erinnern.

Warum hatte sie das seltsame Gefühl, dass dort jemand gewesen war und sie beobachtet hatte?

Sie drehte sich zu Kirsten um. »Du – du hast mich gerettet«, presste Anne, die noch immer heftiges Herzklopfen hatte, mit heiserer Stimme hervor.

»Nein, hab ich nicht«, erwiderte Kirsten und musterte Anne.

»Hast du mich nicht aus dem Wasser gezogen?«, fragte Anne.

Kirsten schüttelte den Kopf. »Nein. Ich hab dich beobachtet, Anne. Wie hast du das angestellt? Ich hab gesehen, wie du dich selbst hochgezogen hast, direkt aus dem Wasser heraus.«

Anne keuchte erschrocken. »Was?« In ihrem Kopf drehte sich alles. »Kirsten – wie *meinst* du das?«

Kirsten kniff die Augen zusammen. »Ich hab dich in keinem Moment berührt. Aber ich sah dich aus dem Wasser in die Luft schweben. Du besitzt magische Kräfte, stimmt's?«

»N-nein«, stammelte Anne. »Ich – ich bin so durcheinander, Kirsten. Ich verstehe das wirklich nicht.«

»Na los. Spuck's schon aus, Anne. Ich hab dich doch gesehen. Ich hab beobachtet, was du getan hast. Du besitzt Zauberkräfte – gib es doch zu!«

GRUSELFIEBER 34

Kurz darauf, auf dem Rückweg ins Dorf, kamen ihnen Marlin und Anthony entgegen.

»Was ist denn passiert?«, rief Anthony verärgert. »Wo habt ihr zwei bloß gesteckt? Euretwegen haben wir das Rennen verloren!«

»Anne hatte einen Unfall«, erklärte Kirsten. »Wir werden

euch später davon erzählen. Aber erst muss sie sich abtrocknen.«

Die beiden Jungen musterten Anne argwöhnisch.

»Einen Unfall?«, fragte Anthony. »Wie konnte das denn bloß passieren? Dieses Rennen hätten wir unbedingt gewinnen müssen.«

Marlin legte Anthony eine Hand auf die Schulter. »Beruhige dich, Mann. Unfälle geschehen nun mal. Du siehst doch, dass sie pitschnass ist. Gönn ihr 'ne Pause.«

Als Anne sich umdrehte, sah sie Marks heranstapfen. »Ich war schon drauf und dran, euretwegen die Küstenwache zu alarmieren«, rief er. »Was war los?«

»Jared hat mein Kajak gerammt«, sagte Anne, deren Stimme noch immer heiser und krächzig klang. »Er hat mich umgestoßen und ich bin ins Wasser gefallen. Kirsten kam zurück, um mich zu retten.«

Marks beäugte die beiden misstrauisch und legte die Stirn in tiefe Falten. »Das andere Team hat mir berichtet, es habe fair und anständig gesiegt«, sagte er schließlich. »Aber Jared hat geschummelt, nicht wahr?«

Marks wandte sich an Abby, die gerade die Kajaks im Geräteschuppen verstaute. »Hol mal das zweite Team her«, rief er. »Sag ihnen, sie sollen auf der Stelle antanzen.«

Wenig später standen Jared, Clark und ihre beiden Teamkollegen bei ihnen. Nach dem gewonnenen Rennen wirkten sie sichtlich zufrieden mit sich. Jared grinste ständig zu Anne rüber, als hätte er einen fantastischen Sieg errungen.

Marks' Worte ließen sie jedoch rasch kleinlaut werden. »Das Kajakrennen habt ihr gewonnen«, sprach er. »Aber habt ihr vergessen, dass es beim zweiten Wettbewerb der Spiele des Lebens um Ehrlichkeit geht?«

»He, Sekunde mal –«, setzte Jahred an.

Aber Marks schnitt ihm mit einem missbilligenden Blick das Wort ab. »Die Ehrlichkeitsprüfung hat somit Team drei gewonnen – Anne, Kirsten, Marlin und Anthony«, verkündete er mit strengem Blick zu Jared. »Euer Team wird *ausgeschaltet*.«

Anne schauderte. Schon wieder dieses Wort. *Ausgeschaltet*.

Ihre Teamkameraden begannen zu jubeln und stimmten ein Freudengeschrei an, worauf das übliche Handabklatschen, Umarmungen und ausgelassenes Feiern folgten.

Wir sind im Finale, dachte Anne und schaute zu ihren Mitstreitern hinüber. Wenn wir dieses Spiel gewinnen, dürfen wir uns 100 000 Dollar teilen.

Schaffen wir das?

Spät in jener Nacht wurde Anne durch Geräusche aus tiefem Schlaf gerissen. Sie setzte sich im Bett auf, rieb sich die Augen und lauschte.

Draußen hörte man Stimmen. Dann ein lautes *Bumm*.

Anne hatte in Shorts und einem ärmellosen T-Shirt geschlafen. Hastig schlüpfte sie in ihre Turnschuhe und rannte, ohne sie zuzubinden, ins Freie.

Es war eine schwülwarme Nacht ohne die leiseste Brise. Die Palmen standen regungslos.

Als sie zum Anlegesteg schaute, sah sie zwei Lichter. Die Scheinwerfer der Boote.

Wer fuhr um diese Zeit aufs Meer hinaus?

»Anne, was ist los?«, fragte Kirsten, die sich von hinten angeschlichten hatte.

»Ich bin mir nicht sicher«, antwortete Anne.

Da sah sie Anthony und Marlin. Die beiden kamen ebenfalls aus ihrer Hütte. »He – da ist jemand in den Booten!«, rief Marlin.

Die vier liefen in Richtung Steg.

Als sie näher kamen, erkannte Anne Marks und Rick. Rick sprang gerade in das linke Boot, Marks folgte ihm.

»Wo fahren die nur hin?«, flüsterte Kirsten aufgeregt.

»He – das andere Team, unsere Gegner, sitzen in dem zweiten Boot«, sagte Marlin und deutete mit dem Finger hinüber.

Die Zwillingsstrahlen der Scheinwerfer strichen über das Dorf, dann über die Bäume. Die Außenbordmotoren brüllten auf, als die Boote vom Steg ablegten.

»Wartet!«, schrie Anthony. »Ich fasse es nicht!«

»Sie fahren weg! Sie fahren alle weg!«, rief Anne.

»Warum lassen die uns hier?«

Als Anne an Marks' Büro vorbeirannte, spähte sie durch das Fenster nach drinnen. Leer. Er hatte seinen ganzen Krempel mitgenommen.

Die Türen von Gemeinschaftsraum und Speiseraum standen sperrangelweit offen. Drinnen herrschte gähnende Leere.

Die nehmen wirklich alles mit!, schoss es ihr durch den Kopf.

Das dunkle Wasser wurde von den Bootsschrauben aufgewühlt. Während die Boote in die Dunkelheit davonjagten, wurde der Motorenlärm immer schwächer.

Anne und ihre Freunde rannten zum Steg hinunter. »Halt! Wartet doch!« Verzweifelt begannen sie, zu winken und zu schreien.

»Kommt zurück! He – wo fahrt ihr hin?«

Einige Augenblicke später waren die Boote mit der schwarzen Nacht verschmolzen.

Jetzt war alles still bis auf das sanfte Plätschern der Wellen, die gegen den Bootssteg schlugen.

»Das können die doch nicht machen!«, rief Marlin kopfschüttelnd. »Die haben alles mitgenommen und uns zurückgelassen. Wie sollen wir bloß überleben?«

»Ich begreife das nicht«, sagte Kirsten leise. »In dem Brief, den Marks uns geschrieben hat, stand kein Wort davon, dass wir auf dieser Insel *ausgesetzt* werden würden. Hier sind keine Erwachsenen. Niemand!«

»Sie kommen nicht zurück«, murmelte Anthony. »Sie haben alles mitgenommen und die Insel komplett leer geräumt!« Wütend trat er in den Sand. »Wir sind hier ausgesetzt. Ohne Essen. Und ohne Chance, nach Hause zurückzukehren.«

»Ist Marks verrückt?«, fragte Kirsten. »Das kann doch nicht Teil des Wettbewerbs sein. Warum hat er das getan?«

Niemand wusste darauf eine Antwort. Lange Zeit starrten sie aufs Meer hinaus. Dann machten sie kehrt und schlichen langsam zu ihren Hütten zurück.

Doch als Anne noch mal einen Blick auf das leere, verlassene Dorf warf, hörte sie etwas ... eine Stimme im Wind.

Sie blieb stehen und legte den Kopf schräg, um zu horchen. Was war das?

Summte da nicht eine Frau?

FORTSETZUNG FOLGT...

GRUSELFIEBER

VOM MEISTER DES UNHEIMLICHEN
R. L. STINE

Ab 10

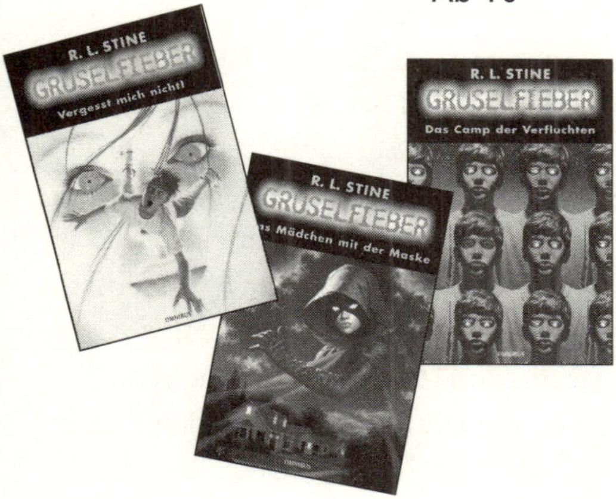

Niemand ist gewappnet gegen das Übernatürliche und Mysteriöse. Leise schleicht es sich in das Leben und schaurige, unheimliche Dinge geschehen. Jetzt nur nicht die Nerven verlieren!

Weitere Bände in Vorbereitung.

Band 1 OMNIBUS 12605
Vergesst mich nicht!

Band 2 OMNIBUS 12606
Schließfach Nr. 13

Band 3 OMNIBUS 12607
Unheil droht

Band 4 OMNIBUS 12611
Zweimal ich

Band 5 OMNIBUS 12612
Das Tagebuch des Grauens

Band 6 OMNIBUS 12613
Im Wald der Bestien

Band 7 OMNIBUS 12614
Wer die Geister ruft

Band 8 OMNIBUS 12615
Das Mädchen mit der Maske

Band 9 OMNIBUS 12616
Das Camp der Verfluchten

Band 10 OMNIBUS 12617
Thrillogy – Der Wettkampf beginnt
– erscheint im August 2002

Band 11 OMNIBUS 12618
Thrillogy – Keine Atempause
– erscheint im August 2002

Band 12 OMNIBUS 12619
Thrillogy – Das Finale
– erscheint im August 2002

OMNIBUS

www.omnibus-verlag.de

7201/12

LFIEBER THRILLOGY GRUS
BER THRILLOGY GRUSELF
THRILLOGY GRUSELFIEB
USELFIEBER THRILLOGY G
LFIEBER THRILLOGY GRUS
BER THRILLOGY GRUSELF
THRILLOGY GRUSELFIEB
USELFIEBER THRILLOGY G
LFIEBER THRILLOGY GRUS
BER THRILLOGY GRUSELF
THRILLOGY GRUSELFIEB
USELFIEBER THRILLOGY G
LFIEBER THRILLOGY GRUS
BER THRILLOGY GRUSELF